KB078224

흑풍구

黑風口

호랑이 이빨

송진용 新무협 판타지 소설

FANTASTIC ORIENTAL HEROES

흑풍구 5

송진용 新무협 판타지 소설

초판 1쇄 찍은 날 § 2011년 5월 25일
초판 1쇄 펴낸 날 § 2011년 5월 31일

지은이 § 송진용
펴낸이 § 서경석

총괄팀장 § 유경화
편집책임 § 주소영
편집 § 박우진 · 어정원

펴낸곳 § 도서출판 청어람
등록번호 § 제1081-1-89호
등록일자 § 1999. 5. 31
어람번호 § 제2-2098호

주소 § 경기도 부천시 원미구 심곡2동 163-2 서경B/D 3F (우) 420-822
전화 § 032-656-4452 팩스 § 032-656-4453
http://www.chungeoram.com
E-mail § chungeoram@chungeoram.com

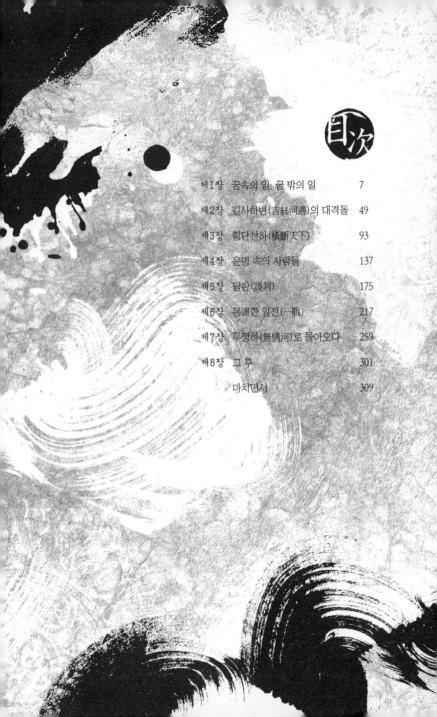

目次

第一章
꿈속의 일, 꿈 밖의 일

1. 한 꿈을 꾸다

한 꿈을 꾸었다.

도유강(桃柔崗)이었다.

황보강은 저 멀리 복사꽃 만발하여 향기로운 구름에 덮인 그 언덕을 향해 서 있었다.

그곳을 바라보는 동안 알 수 없는 슬픔이 가슴에 차올랐다. 눈시울이 뜨거워지더니 기어이 굵은 눈물이 주르륵 흘러내렸다.

그곳은 마치 이승과 저승 사이에 둥둥 떠 있는 곳 같았다. 아득히 멀면서 또한 눈앞에 있기도 하다.

신기루(蜃氣樓) 같은 것. 그래서 더욱 애타고 그리워 사무치는 곳. 그러나 갈 수 없는 곳.

황보강은 어두워지는 벌판에 서서 바로 그곳을 바라보고 있었다.

내 집. 내가 자라고 떠났던 곳. 그 언덕과 복숭아 꽃잎 눈처럼 날려 덮이던 정자. 그곳에 앉아 계실 아버지. 거문고. 그리고……

장한가(長恨歌) 한 자락.

고향 가는 길을 찾아
승냥이 무리 어슬렁거리는 어둠 속을 이리저리 헤매었지.
남쪽으로 가고자 하나 구천에는 동서남북이 없다 하니
갈 곳을 몰라 그저 발길 닿는 대로 떠도네.

머리가 멍해지고 가슴속에 먹먹한 아픔을 차오르게 하며 그 노랫소리가 어둑어둑한 벌판을 건너 다가왔다.

황보강은 갑자기 낯선 골목 안에 버려진 아이 같은 심정이 되었다. 어디로 가야 할지 알 수 없다. 쓸쓸함과 서러움이 찾아들더니 왈칵 두려움이 밀려들었다.

이대로 영영 집에 돌아갈 수 없을지도 모른다는 생각은 제가 서 있는 공간을 괴물처럼 보이게 했다. 그 괴물의 무서운

아가리 안에서 황보강은 어린아이가 되었다.

엉엉 울고 싶지만 가슴을 가위눌리게 하는 두려움이 그것마저도 가두어 버린다.

노랫소리가 시나브로 멀어지더니 드디어 허공에 흩어져 사라졌다. 그리곤 한 사람이 느릿느릿 다가왔다.

흰옷을 입은 그 사람이 다가오는 걸 멍하니 바라보는 동안 황보강의 가슴속에 이루 말할 수 없는 슬픔이 차올랐다.

"애야, 아주 먼 길을 잘 찾아와 주었구나."

아버지. 마주 선 그가 잔잔하게 웃으며 그렇게 말했다. 황보강은 아무 말도 할 수 없었다. 목에 차오르는 울음을 삼키는 일이 고통스럽다.

아버지가 황보강의 손을 잡았다.

"오랜 세월이었다. 하지만 나는 한시도 너를 기다리지 않은 적이 없단다. 그리고 드디어 네가 이렇게 찾아와 주었으니 내 일이 모두 끝났구나."

"아버지……."

"이리 오렴."

황보숭이 황보강의 어깨를 당겼다. 언제나 넓고 따뜻하고 든든하던 아버지의 가슴이다. 이제는 그 아버지보다 훨씬 커버린 황보강이지만 아이처럼 아버지의 가슴에 안겼다. 비로소 마음 놓고 엉엉 소리 내어 운다.

"울지 말거라. 오고 가는 게 모두 하늘이 정한 일이니 너와 나의 힘으로 무얼 할 수 있었겠느냐? 이렇게 돌아오게 해주신 하늘에 감사할 뿐이지."

등을 다독여 준 아버지가 황보강을 밀어냈다. 물끄러미 바라보는데 그 얼굴 가득 기쁨과 회한이, 슬픔과 환희가 엇갈렸다.

"무슨 일이 있어도 참아야 하느니라. 지금은 참아야 할 때다. 내 말을 명심하여라. 참지 못해서 모든 일을 그르치는 어리석은 짓은 하지 말기 바란다."

"무슨 말씀이신가요?"

"네 업을 내가 지고 갈 때가 된 거지. 그래야 하는 나는 기쁘기만 하나 그걸 바라보는 너는 고통스럽겠지. 괴롭겠지. 하지만 참아야 한다. 명심해라."

아버지가 뒷걸음질쳤다.

떠나간다.

황보강은 그런 아버지를 붙잡으려고 손을 내밀었다.

"어디로 가시나요? 가지 마세요. 이제는 제가 아버지를 모시겠습니다. 도유강에서 한 걸음도 떠나지 않겠습니다."

허공을 휘젓지만 그뿐, 멀어지는 아버지를 잡을 수 없었다.

"내 말을 잊지 말거라. 참아야 한다. 끝까지 참아야 한다. 참아야……."

"아버지!"

황보강이 울부짖으며 마구 달려갔다. 두 손을 휘둘러 필사적으로 붙잡으려고 하지만 매번 허공을 움킬 뿐이었다.

그리고 아버지는 무정하게도 사라져 버리고 말았다. 안타깝게, 서글프게 바라보는 그 얼굴이 하나 가득 밀려왔다가 어둠 속에서 흩어져 버린다.

황보강은 그 자리에 풀썩 엎어지고 말았다. 어깨를 들썩이며 엉엉 소리쳐 운다.

"이봐, 이봐. 무슨 꿈을 그리 요란하게 꾸는 거냐?"

풍옥빈이 황보강의 뺨을 찰싹찰싹 때렸다. 허공에 두 손을 허우적거리며 알아들을 수 없는 말을 웅얼거리던 황보강이 눈을 떴다. 두 줄기 뜨거운 눈물이 흘러내려 볼을 적시고 베개 깃을 적셨다.

"무슨 꿈을 꾸었기에 그토록 슬퍼하는 거냐?"

황보강은 풍옥빈의 말을 듣지 못한 것 같았다. 아니, 들었어도 아무 말도 할 수 없었다. 방금 꾼 꿈속의 일들이 눈앞에 있는 것처럼 생생했다.

마음속 가득 그 꿈속에서의 정서가 밀려들어 파도처럼 부서지고 있었다. 슬프고 안타까운 감정에 온통 젖는다.

"아버지를 보았습니다."

어눌한 황보강의 말에 풍옥빈이 눈살을 찌푸렸다.

"그런데 왜 그렇게 슬퍼하는 거지? 불길한 꿈이었던 게로구나?"

황보강이 겨우 일어나 앉아 고개를 끄덕였다. 시무룩한 것이 영락없이 낙심한 아이의 모습이었다.

빙긋 웃은 풍옥빈이 그의 어깨를 잡아주었다.

"날이 밝으면 그분의 소식을 알 수 있을 게다. 그분이 정말 이곳에 있다면 내가 무슨 수를 써서라도 반드시 너와 함께 돌아갈 수 있도록 해주겠다."

이럴 때의 풍옥빈은 자상한 큰형이고 황보강은 막내 동생쯤 되는 것 같았다.

*   *   *

"떠나겠단 말이오?"

"허락하시기 바랍니다."

"나는 여태까지 황보 사부를 의지해 왔소이다. 내가 이처럼 청오랑국을 다시 일으켜 세운 것도 모두 당신의 덕이지요. 앞으로 당신께 의지해야 할 일이 더 많아질 텐데 떠나겠다니?"

"신이 전하를 위해 할 수 있는 일은 여기까지였습니다. 이 이상은 신의 능력 밖의 일. 곁에 더 있어봐야 짐이 되기만 할 뿐입니다."

황보숭은 지난 몇 해 동안 십 년은 더 늙어 있었다. 그가 심력을 얼마나 많이 소모해 왔는지 알 수 있는 일이다.

주름 가득한 황보숭의 손을 물끄러미 내려다보던 청화륜의 눈에 조금씩 노여움과 분노가 일렁이기 시작했다. 이내 밖으로 쏟아져 나올 듯이 커진다.

"흥!"

그가 곁눈질로 거만하게 바라보며 코웃음을 쳤다.

"당신이 이제 와서 나를 떠나려는 건 한 가지 이유밖에 없지. 내가 그걸 모를 줄 알았소?"

돌변한 그의 말투에 숙이고 있던 고개를 든 황보숭이 청화륜의 싸늘해진 눈길과 마주치고 당황했다.

"당신은 황보강이라는 놈에게로 가려는 것이지?"

"아!"

"그놈이 명천사국 남쪽 구석 삼산평이라는 곳을 근거로 삼아서 한창 세력을 불리고 있다더군. 조만간 나라를 세울 속셈이겠지. 흥! 당신이 바로 그놈의 아비라는 걸 알았으니 이대로는 보내줄 수 없지."

고개를 떨어뜨리는 황보숭의 머리 위에 청화륜의 말이 얼음 조각처럼 떨어졌다.

"언제까지 숨길 수 있을 줄 알았소? 처음 그대의 성이 황보씨라고 했을 때 꺼림칙한 마음이 들었지. 하지만 설마 황보강 그놈의 아비일 줄은 꿈에도 몰랐소."

"어떻게 아셨습니까?"

황보숭의 질문에 눈을 흘긴 청화륜이 손뼉을 쳤다.

안에서 한 사람이 쭈뼛거리며 나오는 걸 본 황보숭이 탄식했다.

그는 다름 아닌 율해왕 모아합의 책사로서 도유강으로 몇 번이나 찾아온 적이 있는 조사경(曹思敬)이었다.

모아합의 곁에 있어야 할 그가 어째서 이곳에 왔고, 청화륜에게 자신의 정체를 고해 바쳤는지 모를 일이다.

청화륜이 득의만만하여 말했다.

"율해왕이 잠시 화친을 청하며 바친 공물이 무언지 아시오?"

"나로군요?"

"바로 그렇소."

모든 게 분명해졌다. 황보숭이 한숨을 쉬었다.

"모아합이 이처럼 나를 제거할 책략을 쓸 수 있게 된 건 그의 곁에 당신 같은 사람이 있기 때문이겠지."

조사경에게 담담히 한 말이다.

조사경의 얼굴이 부끄러움으로 붉어졌다. 고개를 푹 숙인 채 한마디도 변명하지 못했다.

황보숭은 언젠가는 이런 날이 올 줄 알고 있었다. 그 때가 이르면 청화륜의 손에 죽으리라는 걸 알고 있었다. 다만 그가 자신이 세운 공과 황보강에 대한 원한을 상쇄시켜 주기를 바랄 뿐이다.

침묵하던 황보숭이 고개를 들고 청화륜을 똑바로 바라보았다.

"동태웅은 후덕한 사람이니 그를 중히 쓰십시오. 백성들의 인망을 얻게 될 것입니다. 또한 모아합을 더욱 경계하시기 바랍니다. 그가 이제는 단순하고 용맹한 무장에서 책략을 쓸 줄 아는 군주로 변했으니 두 배는 더 무서워졌다고 보아야 할 것입니다."

청화륜이 묵묵히 그의 말을 들었다.

한 가닥 실낱같은 희망을 품고 황보숭이 다시 말했다.

"그가 화평을 제안한 건 멀리 있는 적을 친 다음에 가까이 있는 적을 없애려는 술수입니다. 전하께서는 이제 황보강을 치기 위해 명천사국으로 출정하실 텐데, 반드시 홀로 출병하지 마시고 모아합의 군사를 불러들여 함께하시기 바랍니다. 그렇지 않으면 그의 차도살인지계에 말려드는 꼴이 될 것입니다."

청화륜은 여전히 말이 없고, 그의 이글거리는 눈길 앞에서 황보숭은 담담했다.

"가장 좋은 방법은 삼산평과 화친을 맺고 앞뒤에서 명천사국을 쳐서 멸한 다음에 그 힘으로 모아합을 치는 것입니다."

황보숭의 말은 구구절절 진심이었다. 그러나 청화륜의 낯빛은 강퍅해지기만 했다.

황보숭이 한숨을 쉬고 다시 말했다.

"천하를 다투는 데 가장 큰 장해물은 모아합이지 삼산평이 아닙니다. 제 말을 듣지 않으면 사사로운 복수심 때문에 여태까지 이루어온 모든 일이 한순간에 물거품이 되고 말 것입니다."

"당신의 마지막 충고는 잘 들었소."

마지막이라는 말에 황보숭의 얼굴이 어두워졌다.

청화륜이 그를 지그시 바라보았는데, 마음이 변하여 연민과 안타까움을 느끼는 것 같았다. 그가 한숨을 쉬고 말했다.

"당신이 떠나겠다는 말만 하지 않았어도 나는 당신의 정체를 혼자서만 알고 있을 작정이었소. 그러나 나를 떠나겠다니 이대로 놓아보낼 수 없게 되고 말지 않았소? 그러니 이 모든 결과가 내 탓이 아니라 바로 당신 탓이라고 해야 할 것이오."

황보숭이 탄식했다. 곤란한 일을 당하면 남에게 미루는 청화륜의 나쁜 버릇 때문이었다. 안타까웠다.

"이미 알았으니 언제든 이와 같은 날은 오고야 말 테지요.

전하께서 저의 공을 인정하신다면 부디 못난 제 자식놈에 대한 원한을 푸시고 그와 협력하여 대황국을 물리치시기 바랍니다. 가슴에 원한을 담아두고 있으면서 천하를 어찌 또 담을 수 있겠습니까?"

"흥! 내 눈앞에서 부모와 자식을 쏘아 죽인 놈이다! 어찌 그 원한을 잊을 수 있단 말인가!"

다시 마음이 변한 청화륜이 치를 떨며 소리쳤다. 황보숭은 그럴수록 더욱 담담해질 뿐이었다. 그가 타이르듯 말했다.

"그 대가로 일만 명이나 되는 백성들이 죽게 될 일을 막았으며, 그 자리에서 일천 명의 백성들을 살려 집으로 돌려보냈습니다. 신성대제는 스스로 그와 같은 일을 원했을 것입니다. 제 아들 강이 원한 때문에 황제를 시해한 게 아니라는 걸 전하께서 누구보다 잘 아시지 않습니까?"

당시 모아합은 황보강에게 신성대제를 사살하지 않으면 당장 눈앞에 끌려 나와 있는 일천 명의 포로들을 죽이겠다고 했다. 그리고 매일 그만큼씩 열흘에 걸쳐 일만 명의 청오랑국 백성들을 죽이겠노라고 위협하지 않았던가.

그 일을 제 눈으로 보고 귀로 들은 청화륜이었지만 그에게 그것은 중요한 게 아니었다.

"끌어내라!"

이글거리는 눈으로 황보숭을 한동안 노려보던 청화륜이

버럭 소리쳤다.

즉시 근위병들이 갑주를 쩔그렁거리며 대전 안으로 달려 들어 와 황보숭을 개처럼 끌고 갔다.

2. 아버지

그놈이 보는 앞에서 황보숭의 목을 치리라.

청화륜이 바라는 건 오직 그것뿐이었다.

그리하여 제가 겪었던 고통과 절망을 그놈도 똑같이 느끼게 해주고 싶었다.

"그런데 정말 그놈이 이곳에 와 있을까요?"

"물론이지."

"흐흐, 그렇다면 미련한 놈이 아닐 수 없군요. 스스로 호랑이 굴을 찾아 들어왔으니 말입니다."

"죽일 테냐?"

"물론입니다."

청화륜이 부드득, 이를 갈았다.

"존자께서도 그걸 원하지 않으십니까?"

"물론이다."

"그렇다면 그놈이 어디에 있는지 가르쳐 주십시오. 당장 병사들을 보내 사로잡아 오게 하겠습니다."

"그거야 알 수 없지."

암흑존자가 심드렁하게 말하고 흘흘, 웃었다.

"하지만 이곳에 와 있다는 건 안다. 느낄 수 있거든."

"어째서 그가 이곳에 있는 건 아시면서 숨어 있는 곳은 모르신다는 건지……."

"그놈의 존재를 가리고 있는 힘이 있어."

"존자보다 더 강력한 힘이란 말입니까?"

"이 세상에 그런 건 없다."

자신있게 말하던 암흑존자가 침울해져서 중얼거렸다.

"나운선인 그자만 빼고."

"나운선인……."

청화륜이 눈살을 찌푸렸다. 문득 불길한 느낌에 두려워졌던 것이다. 그가 조심스럽게 말했다.

"하지만 나운선인은 사량격발 곁에 있을 뿐 존자처럼 활발하게 활동하지 않으니 별 영향이 없지 않겠습니까?"

"너는 모른다."

암흑존자가 한숨을 쉬었다.

가만히 앉아 있어도 나운선인의 힘과 정신은 세상 어느 곳이든 미치지 않는 곳이 없다. 하지만 그런 이치를 말해봐야 청화륜은 조금도 알아듣지 못할 것이다.

청화륜이 잔인한 미소를 지었다.

"어쨌든 좋습니다. 도성 안에 포고를 했으니 그놈이 여기 어딘가에 숨어 있다면 벌써 알았겠지요. 그러면 제 아비가 처형당하는 그 자리에 반드시 찾아올 것입니다. 그때 잡아서 존자에게 넘겨 드리겠습니다."

"흘흘, 그래야지."

신청오랑국의 도성인 대운성(大運城) 곳곳에 왕의 포고문이 나붙었다.

황보숭이 모반을 꾀하다가 붙잡혔다는 것을 밝히고 반역죄를 물어 동쪽 광장에서 참수하겠다는 것이었다. 그런 다음 그의 목을 기린각에 열흘 동안 매달아두겠다고 했으니 잔인하고 참혹한 짓이 아닐 수 없다.

그 포고문을 읽은 도성 안 사람들이 모두 술렁거렸다. 황보숭이야말로 신 청오랑국을 건국하는 데 가장 큰 공을 세운 사람이라는 걸 모르는 자가 없는 것이다.

국부(國父)가 되어 물러앉아 있던 동태웅이 팔을 걷어붙이고 나서서 구명운동을 했지만 아무 소용이 없었다.

왕궁으로 찾아가 청화륜과 마주 앉아 그를 설득하기를 몇번, 기어이 청화륜이 화를 벌컥 내고 소리쳤다.

"듣기 싫소! 그의 죄상이 명백한데 더 무슨 말이 필요하단 말이오?"

"그는 어려울 때에 그대를 붙들어주었고, 큰 지혜로써 나라의 기틀을 다지고, 싸움마다 승리할 수 있게 해주었소. 그덕에 대적들을 모두 물리치고 오늘날 이처럼 한 나라를 세울수 있게 되었지. 대체 그에게 무슨 죄가 있소?"

청화륜은 돌아앉았다. 듣지 않으려 할 뿐 아니라 아예 상대하려고도 하지 않았다.

왕의 거처에서 물러 나온 동태웅은 자신의 집에 들어서자마자 집사를 불렀다.

"짐을 꾸려라."

"예?"

"사람은 들어올 때와 나갈 때를 알아야 지혜롭다고 할 수있을 것이다. 어찌 미련 때문에 스스로를 망칠 것이냐?"

"……."

"나라를 세우는 건 어렵고 오랜 세월이 걸리지만 무너지는건 한나절도 긴 시간일 것이다. 인생이라는 것도 그러려니와,정과 신의라는 것도 마찬가지이겠지. 그러고 보면 세상이란참 허망한 것이야."

어려서부터 동태웅을 모셔온 집사 도학겸은 누구보다 주인의 뜻을 잘 읽었다.

그가 두말할 것 없이 종들을 모두 불러 모으더니 창고의 문을 활짝 열고 가져갈 만큼 재물과 곡식을 가져가게 했다. 그런 다음에 저와 제 주인을 위한 짐을 간단하게 꾸려 말에 실었다.

동태웅은 저택의 대문을 열어둔 채 집사와 함께 미련없이 그곳을 떠났다. 한 성을 살 만한 재물을 모두 놓아두고 제가 왔던 곳을 향해 빈 몸으로 떠난 것이다.

도성 안이 온통 뒤숭숭해졌다.

동태웅이 맨손으로 떠났다는 걸 안 사람들의 마음이 사뭇 동요하기 시작했던 것이다.

믿음은 동태웅에게 있었고, 희망은 황보숭에게 있었다. 갑자기 그 두 가지를 모두 잃어버린 사람들은 마음을 어디에 두어야 할지 몰라 우왕좌왕했다.

이제 그들에게 남은 건 왕이 가지고 있는 힘일 뿐이었다. 믿음과 희망을 빼버린 힘이 어떤 건지 사람들은 누가 가르쳐주지 않아도 잘 알고 있었다. 험한 세월을 살아오면서 경험으로 아는 것이다.

드디어 그날이 되었다.

동쪽 광장에 사람들이 운집했다.

근위대 병사들이 삼엄하게 도열해 섰고, 높이 솟은 기린각(麒麟閣)에 붉은 융단이 깔렸다.

황금의 용상 위에 청화륜이 황금 관을 쓰고 거만하게 앉았다.

그의 좌우에는 빛나는 보검을 뽑아 든 수신위장(守身衛將)이 섰고, 뒤에는 만조백관들이 어두운 얼굴을 한 채 늘어섰다.

북소리가 둥둥둥 울리더니 기린각 아래의 철문이 열리고 온몸을 결박당한 황보숭이 초라한 모습으로 끌려 나왔다.

사람들 틈에 숨어서 황보강은 그런 아버지를 보고 있었다. 가슴이 미어지고 두 눈에서 지독한 빛이 펄펄 뿜어져 나왔다. 목청껏 아버지를 부르며 달려나가고 싶었다.

그러나 그의 팔을 꽉 움켜쥐고 있는 풍옥빈의 힘은 족쇄와 같았고, 앞을 막아선 백검천의 완고함은 바윗덩이와 같았다.

"아미타불—"

용장보현이 낮게 불호를 중얼거리고 나서 말했다.

"참아야 합니다. 무슨 일이 있어도 참아야 한다고 부처님이 제게 말씀해 주셨답니다."

황보강이 핏발 선 눈으로 그를 바라보았다. 용장보현이 고개를 숙이고 다시 말했다.

"참아야 합니다."

황보강은 그의 말속에서 아버지의 음성을 들었다. 참아야 한다고 말씀하지 않았던가.

참지 못해서 모든 일을 그르치는 어리석은 짓을 해서는 안
된다고 신신당부하셨다.

'하지만 어디까지 참아야 하는가? 언제까지 참아야 하는
가? 얼마나 참아야 하는가?'

황보강은 스스로에게 물어보았다.

제 안의 단조영이 대답해 주었다. 고요하고, 적막하달 만큼
차분한 음성이었다.

─네가 잘 알 것이다. 언제까지, 얼마나 참아야 할지 말이
다. 너는 철없는 노여움을 이겨낼 수 있을 것이다.

'철없는 노여움. 철없는 분노……'

단조영의 말을 곱씹으면서 황보강은 피가 나도록 입술을
악물었다.

"업이 소멸되는 때가 온 것입니다. 아미타불─"

용장보현의 음성이 가늘게 떨렸다.

그는 이 자리가 황보강의 업이 소멸되는 자리라는 걸 알고
있었다. 그 업을 대신 지고 갈 사람이 저기 저렇게 형장의 단
위로 올라가고 있는 걸 본다.

북소리가 빠르게 울리고 풍옥빈이 손바닥으로 황보강의
눈을 가렸다. 그 순간 단 위에 무릎을 꿇고 앉아 있는 황보숭

이 눈을 들어 이쪽을 바라보았다. 얼굴에 처연한 미소가 떠오른 것 같았다.

황보강이 풍옥빈의 손을 거칠게 밀쳤다. 그리고 보았다.

아버지, 황보숭의 목을 향해 햇빛을 가르며 떨어진 참두도(斬頭刀)를.

툭, 하는 가벼운 소리가 광장을 건너오더니 군중들의 머리 위에 천둥소리처럼 울렸다.

황보강이 핏발 선 눈을 부릅떴다.

그가 부서지도록 어금니를 악물었다. 움켜쥔 두 주먹이 걷잡을 수 없이 떨린다. 그러나 그는 한마디의 신음성도 흘리지 않았다. 이를 악물고, 피눈물을 안으로 삼키며 참는 것이다.

기린각 위에 거만하게 앉아 군중들을 내려다보고 있는 청화륜이 낯을 찌푸렸다.

이때쯤 어디에서인가 황보강이 이성을 잃고 소리치며 달려나와 주어야 하는 건데 조용하기만 하니 이상했던 것이다.

그가 정말 이곳에 와 있기는 한 건가? 하는 의문을 느끼지 않을 수 없다.

고개를 돌려 뒤를 바라보았다. 거기 대신들 속에 숨듯이 서 있는 암흑존자가 있었다.

청화륜과 눈이 마주친 존자가 희미하게 미소 지었다. 매우 흡족해하고 재미있어하는 그런 미소였다. 심술궂기도 하면서 징그럽고 끔찍하기도 하다.

청화륜이 얼른 고개를 돌렸다.

그 자리에 주저앉아 흐느끼는 군중도 있고, 흩어져서 돌아가는 군중도 있었으며, 멍하니 서 있기만 할 뿐인 군중도 있었다.

'대체 그놈이 어디에 있단 말인가?'

마주쳤던 암흑존자는 그가 여기에 와 있다고 눈으로 말해 주었다. 그래서 재미있어하지 않았던가. 그러나 청화륜은 이리저리 흩어지는 저 많은 군중들 속에서 황보강 비슷한 자도 찾아낼 수 없었다.

"광장을 폐쇄한다. 아무도 나가지 못하도록 해!"

벌떡, 용상을 박차고 일어선 청화륜이 발작하듯 그렇게 소리쳤다.

3. 삼산평으로의 귀환

황보강은 보름째 지독한 열병에 시달리고 있었다. 풍옥빈이 그를 재빨리 광장에서 끌고 나온 뒤부터였다.

그들이 떠난 직후 광장이 폐쇄되고 수많은 사람들이 아무 영문도 모른 채 고초를 겪었다고 한다.

연일 흉흉한 기운이 닥쳐오고 물러갔다. 그래서 풍옥빈 등은 할 수 있으면 조금이라도 빨리 도성인 대운성을 벗어나고 싶었으나 그럴 수 없었다.

황보강이 의식불명의 상태가 될 정도로 열병을 앓고 있었던 것이다.

도성 외곽의 허름한 객잔 후원의 방 하나를 빌려 숨죽이고 있었는데, 추명부(追命府) 소속 금병(禁兵)들이 하루에도 몇 번씩 쳐들어와 검색을 하고 돌아갔다.

그 속에서도 무사할 수 있었던 건 독실한 불교 신자인 객잔 주인 덕분이었다. 그가 때때로 들려주는 용장보현의 설법에 한껏 빠져 있었던 것이다. 그러므로 그들이 무사한 건 또한 용장보현의 공이라고 해야 마땅할 것이다.

"내가 죽을 곳은 여기가 아니야. 그러니 황보 형이 죽을 곳도 여기가 아닌 게지."

조급해하는 백검천에게 용장보현은 한껏 여유를 부리며 그렇게 말하곤 했다.

그 말이 사실이었던지 그들은 아수라장이 된 도성 안에서 어쨌든 지금까지 무사태평할 수 있었다.

용장보현은 어디까지나 불력 깊은 스님이었으므로 저자의 출입이 비교적 자유로웠다. 그래서 그는 아침과 저녁으로 거리에 나가 탁발승 행세를 하며 돌아다녔다.

객잔으로 돌아와서는 정탐하고 온 상황을 말해주었으므로

풍옥빈과 백검천은 도성 안이 어떻게 돌아가고 있는지 훤히 꿰뚫고 있었다.

"며칠만 더 지나면 황보 형도 훌훌 털고 일어날 것이고, 왕인지 지랄인지 하는 그자도 지쳐서 포기할 것입니다. 그러면 우리는 유유히 이곳을 빠져나갈 수 있게 될 테지요."

용장보현의 태평스런 말에 풍옥빈이 빙긋 웃었다. 스님 같지 않은 말투 때문이다.

대도(大道)는 틀이 없고 격이 없어서 대속(大俗)과 같다더니 용장보현이 그런 모양이라고 생각하지 않을 수 없다.

보름 만에야 깨어난 황보강이 제일 먼저 한 일은 비틀거리며 북쪽을 향해 무릎을 꿇고 절을 올린 것이었다.

그리고 그 자세로 한나절 동안 눈을 감은 채 죽은 것처럼 움직이지 않았다.

유해마저 수습하지 못했음은 물론, 임종조차 지켜 드리지 못한 자식으로서의 죄를 그렇게 빌었던 것인지도 모른다. 그리고 그 못난 자식을 위한 아버지의 거룩한 희생을 가슴 깊이 새겨두었던 것이리라.

저물녘이 되어서야 일어선 그가 주섬주섬 행장을 꾸리기 시작했다. 그때까지도 풍옥빈과 백검천, 용장보현은 아무 말 없이 그런 황보강을 지켜보기만 했다.

봇짐을 짊어진 황보강이 미련없이 방을 나섰다.

"내가 이 성에 다시 들어올 때는 주검을 딛고 피를 뿌려가며 들어올 것이다."

성을 나서며 그가 마지막으로 대운성을 돌아보고 그렇게 말했다.

무심한 어투였지만 그 안에 깃들어 있는 지독한 원한과 증오에 모두 부르르 몸을 떨었다.

소문은 달리는 말보다 빠르게 온 세상에 퍼졌다.

신청오랑국이 명천사국을 치기 위해 곧 출병한다는 것이었다.

명천사국의 경내에 들어온 황보강 일행은 어디를 가나 그런 소문을 들어야 했다.

사람들이 불안해하고 민심이 더욱 흉흉해진 가운데 명천사국을 다스리고 있는 번왕 사량지(師亮志) 또한 맹렬하게 전의를 불태우며 병사들을 도성으로 집결시키고 있었다.

사량격발의 둘째 아들인 그는 천성이 무골(無骨)이었다. 그런 점에서 제 아비를 쏙 빼닮았다. 강직하고 고집이 세며 무용이 출중한데다가 용맹하기까지 해서 막하의 어떤 무장보다 뛰어난 장수였던 것이다.

한 자루 창을 움켜쥐고 용마에 오르면 세상에서 그를 당할 자가 없다.

신청오랑국의 청화륜이 침공할 것이라는 소식을 듣자 그는 의자의 팔걸이를 두드리며 껄껄 웃었다고 한다. 번왕이 된 이후 늘 전장을 그리워했는데 참으로 오랜만에 싸움다운 싸움을 해볼 수 있게 되었다며 좋아했다는 것이다.

막하 무장과 병사들은 그런 왕의 자신감에 들떠 흥분했지만 백성들이야 상관없는 일이었다. 흉흉한 소식에 오직 두려워 떨 뿐이다. 전쟁이 벌어지면 고된 노역을 해야 하고, 애꿎은 죽음을 당하게 될 테니 그렇다.

황보강은 내내 그런 민초들의 불안에 떠는 삶을 보며 명천사국의 국토를 가로질렀다.

그가 삼산평으로 돌아왔을 때 그곳은 수개월 전과는 또 달라져 있었다.

그동안 호된 훈련으로 인해 병사들 모두가 정병으로 거듭나 있었던 것이다.

각지에서 모여든 장정들로 구성된 병사들과 포로였다가 병영에 포함된 병사들이 모두가 이제는 삼산평의 병사들이 되어 있다는 게 무엇보다 황보강의 마음을 든든하게 해주었다.

어느덧 삼산평과 광명성의 병사들은 기병 육만에 보병 사만의 대군이 되어 있었다. 거기에 동맹을 맺고 있는 도운성(渡雲城)의 삼만 병사를 더하면 명천사국 남쪽의 패자로 군림하기에 부족함이 없었다.

황보강은 삼산평과 광명성의 병사들은 물론 도운성과 길산전성에 주둔하고 있는 병사들 모두를 독려하여 더욱 궁술 훈련에 집중하도록 했다.

그의 욕심은 병사들 모두가 명궁 소리를 듣기에 부족함이 없어야 만족할 것이다. 전장에서 승기를 잡을 수 있는 가장 위력적이며 효과적인 수단이 궁술이라는 걸 누구보다 잘 아는 탓이다. 혼전이 벌어지기 전까지 전장을 지배하는 건 활이라는 게 황보강의 변함없는 생각이었다.

도검과 창 등의 병장기에 의한 싸움은 그다음의 일이다.

황보강은 궁술과 함께 몇 가지의 진법을 병사들이 숙지하도록 반복해서 훈련시켰다. 기병은 물론 보군들 모두가 한 몸처럼 움직여 주기를 바란 것이다.

그는 매번 승리는 머릿수에 있지 않고 단결된 힘에 있다는 걸 강조하고 또 강조했다.

나와 동료들 간의 형제애야말로 어떤 난관도 돌파하여 승리를 쟁취하게 해주는 힘의 원동력이라는 걸 황보강보다 잘 아는 사람은 없을 것이다.

그러므로 그는 군율 또한 한층 엄격하게 세웠다. 공과 사는 물론 지위의 고하를 떠나서 자신이 속해 있는 병영의 단합을 손상시키는 자는 혹독하게 처벌했다.

다음으로 그는 일백 명으로 구성된 한 개의 전투대가 독자적으로 전투를 수행할 수 있도록 하는 일에 심혈을 기울였다.

수시로 변하는 전장의 상황에 능동적으로 대처하고, 각 전투대 간의 연결 고리가 끊어져도 생존력을 높일 수 있도록 하기 위해서였다.

일백 명의 병사를 이끄는 무장들은 모두 그 전장을 주도하는 장군이 되어야 한다는 게 황보강의 생각이었다.

일만 명의 대군이 움직여도 한 몸처럼 일사불란해야 하고, 그것이 잘게 쪼개져 일백 개의 독립된 전투대로 나뉘어도 역시 한 몸처럼 움직이며 전장을 사방에서 주도해 갈 수 있어야 하는 것이다.

그런 황보강의 생각은 장수와 병사들 모두에게 끊임없이 주입되었다. 그 결과 이듬해 봄이 되었을 때는 그와 아국충이 나누어 지휘하는 두 개의 전투병단은 전력이 극점에 이르렀으며 사기 또한 더할 수 없이 높아졌다.

황보강의 욕심대로 십만에 달하는 병사들 모두가 빼어난 정병들이 된 것이다.

그만한 군세라면 한 나라를 보존하고 천하를 도모해 보기에 부족함이 없다. 수십만 명의 지방군과 조우해도 한나절에 승부를 갈라 버릴 수 있는 정예한 전력인 것이다.

드디어 전쟁의 소식이 들려왔다.

명천사국의 국경을 넘어 진격해 온 청화륜의 대군이 막사평(莫沙坪)에서 사량지의 대군과 격돌한 것이다.

처음 청화륜이 내세운 조건은 그저 영내를 통과하게 해달라는 것이었다. 자신들의 목표는 명천사국이 아니라 그 남쪽 끝에 있는 삼산평의 무리라고 천명했던 것이다.

그들을 정벌하고 나면 곱게 돌아가겠으니 길을 내달라고 했지만 그걸 받아들일 번왕 사량지가 아니었다.

결국 그들은 막사평에서 마주쳐 주야를 가리지 않고 사흘 동안 치열하게 싸웠다.

타고난 무골인 사량지는 머릿수에서 압도적인 청화륜의 대군을 만나 고전했으나 결코 물러서지 않았다.

왕이 그처럼 용맹하니 그를 따르는 장수와 병졸들 모두가 제 몸을 돌보지 않고 용감하게 싸웠다.

의외의 거센 저항에 부딪친 청화륜은 크게 당황했다. 초반에 유리하게 전개되던 싸움이 갈수록 무너져 머지않아 사량지의 정예한 병사들에 의해 괴멸되고 말 것 같았다.

그때 어둠 속에서 불쑥 튀어나온 것 같은 삼만의 기마군단이 갑자기 사량지의 배후를 들이치기 시작했다.

악몽들이었다.

그리고 그것들은 전장에 뛰어들자마자 즉시 사량지의 악

몽이 되었다.

어둠의 힘을 두른 그것들 앞에서 천하무적이라고 자부하던 사량지의 기병단이 맥없이 무너졌고, 보군들 또한 처참하게 짓밟혔다.

결국 사량지는 그 싸움에서 패배하여 간신히 목숨만 건져 달아났다고 한다.

그 소식이 명천사국을 뒤흔들고 삼산평에까지 흘러들어 왔다.

황보강은 악몽들이 드디어 전쟁의 전면에 등장했다는 데에 크게 놀랐다.

언젠가는 그렇게 되리라 생각하고 있었지만 너무 일렀던 것이다.

"암흑존자가 십만이나 되는 악몽의 군단을 만들어냈을 때는 그것들의 힘을 이용하기 위해서였겠지. 한 번은 겪어야 할 일이니 너무 의기소침할 필요 없다."

풍옥빈이 위로했지만 황보강의 불안은 가시지 않았다.

그놈들이 어떤 놈들인지는 누구보다 황보강 자신이 잘 알고 있기 때문이었다.

칼에 베어도, 창에 찔려도 죽지 않는 괴물들. 목을 잘라 버리기 전에는 결코 죽일 수가 없다.

그러나 생사가 수시로 교차하는 난전 중에 어떻게 그렇게 할 수 있을 것인가.

격렬하게 움직이는 상대의 목을 일격에 자른다는 건 불가능한 일이다. 일일이 그놈들을 붙잡아 꼼짝하지 못하게 한 다음에야 참수할 수 있을 텐데 전장에서 어찌 그렇게 할 수 있을 것인가.

또 그렇게 한다고 해도 한 놈의 목을 자르기 위해서 이쪽은 열 명의 희생을 각오해야 할 테니 그 피해를 감당할 수 없다.

"방법이 없겠습니까?"

황보강이 침통하게 물었다.

풍옥빈과 백검천, 용장보현이 아무리 도가 높다고 해도 악몽들의 기마군단을 무찌를 뾰족한 수단을 가졌을 리가 없다는 걸 잘 알면서도 물은 건 답답하기 때문이었다.

풍옥빈이 한숨을 쉬었다.

"몇백 명이라면 해볼 수 있겠으나 삼만의 기마군단을 상대할 수는 없다."

그가 황보강이 보았다는 환상을 떠올릴 때 황보강도 그랬다.

그날, 관조산 밖 황무지에서 만났을 때 암흑존자가 보여주었던 두 개의 환상을 잊을 수 없다.

그때 보았던 것처럼 아버지가 청화륜에게 죽임을 당했고 이제는 악몽들의 기마군단이 나타났다.

황보강은 환상 속에서처럼 제가 그것들에게 패하여 쫓기

다가 비참한 최후를 맞게 되는 걸 상상했다.

끔찍하다.

"방법이 한 가지 있기는 해."

풍옥빈이 혼잣말처럼 중얼거렸다. 황보강이 정신을 차리고 급히 물었다.

"무엇입니까?"

"암흑존자를 찾아가는 것."

"아!"

황보강이 절망적인 탄식을 터뜨렸고, 백검천과 용장보현도 눈살을 깊이 찌푸렸다.

불가능.

그것이 모두에게 떠오른 생각이었던 것이다.

암흑존자는 이미 도와 하나가 된 신과 같은 존재 아니던가. 그는 자유자재로 시공을 넘나들고 형체를 바꾸며 상황을 만들어내고 지배한다.

찾으려고 해서 찾을 수 있는 자가 아닐뿐더러, 찾았다고 해도 인간의 도검으로는 죽일 수가 없는 존재인 것이다.

용수신검이 아무리 신통한 보검이라고 해도 암흑존자의 존재 자체를 소멸시킬 수는 없다.

"그러나 나는 절망하지 않는다."

풍옥빈이 다시 그렇게 말했다.

"암흑존자를 죽일 수 있는 방법이 없다는 걸 잘 안다. 그래도 희망은 있다."

그의 말은 확신에 차 있었다.

"무엇이 희망이란 말입니까?"

자조적인 황보강의 말에 풍옥빈이 이글거리는 눈으로 그를 똑바로 바라보았다.

천천히 말한다.

"나운선인."

"아!"

다시 선인의 존재를 떠올리고 모두 탄성을 터뜨렸다. 그러나 황보강의 얼굴은 이내 어두워졌다.

"선인은 암흑존자와 다릅니다. 존자는 늘 세상 속에 있지만 선인은 멀찍이 떨어진 곳에서 고요할 뿐 움직이지 않습니다. 어쩌면 방관자가 되어 그저 구경만 하고 있는 것인지도 모르지요. 그는 이미 도의 궁극에 올라서 있는 신인이신지라 세상이 어떻게 되든지, 사람들의 운명이 어떻게 되든지 모두 하찮은 것으로 보기 때문일까요? 광명한 세계를 가지고 있으니 삶과 죽음이 있고 선과 악이 대립하며 어둠과 빛이 공존하는 이 세상이라는 게 우스울 뿐인지도 모르지요."

자조적인 황보강의 말에 풍옥빈이 한숨을 쉬었다.

"도란 그런 것이 아니다."

4. 연합(聯合)

그가 찾아왔다.

아니, 몸을 의탁할 곳을 찾아 도망쳐 왔다고 해야 하리라.

황제 사량격발의 둘째 아들이면서 번왕이고 용맹함이 삼대무후로 등극하기에 부족함이 없다고 알려진 사람.

사량지가 찾아온 것이다.

그의 화려함과 당당하던 위세는 간곳없었다.

막사평에서의 대회전에서 패한 후 겨우 일만의 기병과 보군을 거느리고 도망쳐 온 그는 삼산평 밖 황무지에 진을 친 채 황보강을 만나길 원하고 있었다.

그의 의도는 뻔했다. 위기를 피해 잠시 삼산평에 몸을 의탁하려는 것이다.

황보강은 그를 받아들여 할지 말아야 할지 고민할 수밖에 없었다.

원수의 자식 아닌가. 게다가 언젠가는 대황국을 정벌해야 할 테니 필연적으로 황제 사량격발과 부딪치지 않을 수 없다. 사량지는 그의 다섯 아들 중 가장 용맹한 자이다. 지금 그를 도와주면 어쩌면 땅을 치며 후회할 일이 생길지도 모른다.

판단을 내리기가 쉽지 않았다.

갈등하는 황보강에게 아국충이 조언했다.

"그는 지금 곤경에 처해 있으나 여전히 번왕이지 않소? 그를 따르는 영주며 호족들이 많이 있지. 각처에 흩어져 주둔하고 있는 그의 병사들도 아직 많소. 그러니 그와 연합한다면 청화륜의 기세를 꺾어놓을 수 있지 않겠소?"

그의 말이 옳다. 그러나 황보강은 다른 생각도 하지 않을 수 없었다.

"그는 상처 입은 호랑이야. 그를 구해주는 것이 장차 우리에게 돌이킬 수 없는 화가 될지도 모르지 않나?"

"황보 장군 말도 일리가 있소. 하지만 당장 눈앞에 닥쳐들고 있는 위험은 피하고 봐야 하지 않겠소?"

청화륜은 곳곳에서 저항하는 명천사국의 병사들과 각 성의 영주, 호족들의 연합군을 격파하며 파죽지세로 밀고 내려오고 있었다. 이제 그의 앞을 가로막을 수 있는 자는 아무도 없을 것 같았다.

삼만이나 되는 악몽의 기마군단이 동행하고 있으니 그렇다. 들리는 소문으로 짐작했을 때 그들을 이끄는 건 '광기'가 틀림없었다.

황보강은 그놈이 기어이 저를 토벌하기 위해 나섰다는 걸 알았다. 그러자 환상 속에서 '광기'의 낭아곤에 머리가 깨져 산산이 흩어져 버리던 자신의 모습이 떠올라 견딜 수 없었다.

'결국 내 운명은 그렇게 결정된 것인가?' 하는 생각을 할 때마다 비통한 심정이 되어 절로 탄식이 나온다. 그러면 그때 암흑존자에게 무릎을 꿇고 첫 번째 운명을 받아 가질 걸 그랬다는 후회가 들기도 했다.

그랬다면 지금 악몽의 기마군단을 거느리고 천하를 호령하는 건 청화륜이 아니라 자기였을 것이다.

잠시 고개를 숙이고 생각에 잠겼던 그가 중얼거렸다.

"그러나 그건 내 힘이 아니다. 나를 판 대가일 뿐이지."

그렇다면 조금도 자랑스럽지 못하고 떳떳하지 못할 것이다. 그것보다는 내가 '나'로서, 내 자유의지를 가지고 사는 게 더 가치있지 않겠는가. 더 빛나는 존재가 될 것이다. 죽든지 살든지 상관없이.

"대가를 받고 저를 파는 건 창녀들이나 하는 짓이야."

황보강의 눈이 다시 이글거리기 시작했다.

더 이상의 갈등과 후회는 없다.

"그를 만나겠다."

사량지와 대면하고 난 황보강은 그를 받아들였다.

성문을 활짝 열고 사량지와 그의 잔존 병사들을 모두 성안으로 들인 것이다.

그가 번왕과 연합했다는 소문이 퍼지자 각처에 웅거하고

있던 영주와 호족들이 병사들을 이끌고 속속 모여들었다. 삼산평 밖의 황무지가 그들의 군막과 깃발로 가득 찼다. 이십만 명의 대군이 운집한 것이다.

황보강은 사량지와 말 머리를 나란히 하고 삼산평과 광명성의 병사들을 이끌었다.

도운성에서 번인삭이 삼만의 병사들을 모두 이끌고 나왔으며, 길산전성에 주둔하던 이만 병사들도 합류했다.

그러자 황보강과 아국충이 이끄는 병사들은 십만의 대군이 되었다.

거기에 사량지에게로 모여든 병사 이십만이 더해져 삼십만이라는 대군이 모해성(模海城)을 향해 나아갔다. 거기 길사하(吉絲河)라는 강이 있는데, 그곳의 벌판에 진을 치고 청화륜의 대군을 맞이하려는 것이다.

그곳에서의 싸움이 청화륜이나 사량지의 운명을 결정짓는 건 물론 황보강 자신의 운명도 결정짓게 될 것이다.

그날 밤, 황보강은 다시 한 번 아버지의 꿈을 꾸었다.

북소리 둥둥 울리고 뿔피리 소리 가득할 때
삼십만 대군이 성을 나섰네.
넓고 거친 초원과 황토 벌판을 건너 긴 강가에 진을 쳤지.

하늘이 붉게 물든 그날.

해도 달도 천공에 못 박혀 있던 그날.

나 홀로 부러진 창에 의지해 핏빛 강을 건넜다네.

고향 가는 길을 찾아

승냥이 무리 어슬렁거리는 어둠 속을 이리저리 헤매었지.

남쪽으로 가고자 하나 구천에는 동서남북이 없다 하니

갈 곳을 몰라 그저 발길 닿는 대로 떠도네.

다시 한 번 찾아온 아버지의 꿈은 장한가로 시작되었다.

그 노래를 들으면 복사꽃 만발한 도유강이 떠오른다. 그러면 황보강은 먼발치에서 붉은 구름이 내리덮인 것 같은 그 아름다운 언덕을 하염없이 바라보고 있는 자기를 보아야 했다.

거문고를 안고 나귀 등에 올라앉은 아버지가 저 멀리에서 다가왔다. 흰 옷자락이 봄바람에 흔들리고, 분홍색 꽃잎들이 눈처럼 내렸다.

"애야."

꿈속에서 아버지는 그렇게 불렀다. 손을 내민다.

따뜻하고 다정한 손이었다.

그 손을 잡자 가슴이 벅차오르고 눈에 눈물이 가득 고였다.

"애야."

아버지는 생생하게 살아 있었다. 절대로 죽지 않았다. 그 래서 황보강은 그 꿈이 영원히 계속되기를 간절히 바랐다.

영원한 삶. 그리고 영원한 충만감. 그 속에서 아버지가 세 번째로 불렀다.

"얘야."

황보강은 아무 말도 하지 못했다. 입을 열면, "아버지!" 하 는 말보다 먼저 울음이 왈칵 쏟아져 나올 것만 같았던 것이 다.

"울고 싶을 때는 울어라. 남자에게도 눈물은 있는 거란다. 부끄러운 게 아니야."

어렸을 때 아버지는 그렇게 말하곤 했다. 하지만 황보강은 한 번도 아버지 앞에서 눈물을 보인 적이 없었다.

아무리 슬픈 감정이 복받쳐 올라도 꾹꾹 눌러 참았던 아이, 그리고 소년. 그게 황보강이었다.

정 참을 수 없으면 아버지의 희끗희끗한 머리카락 너머로 청청한 하늘과 거기 떠 있는 구름을 바라보았다. 그러면 턱 밑까지 올라온 울음이 꿀꺽, 하고 목울대 아래로 내려가곤 했 다.

그가 울지 않는 건 아버지를 슬프게 하지 않겠다는 생각에 서였다. 아버지와 나와의 감정은 하나로 이어져 있고, 그래서 내가 슬퍼하면 아버지도 그렇게 된다고 믿었던 것이다.

아버지가 내 슬픔 때문에 슬퍼져서는 안 되고, 그것 때문에 걱정하게 해서도 안 된다는 그 생각은 아버지에 대한 지극한 공경심이자 애틋한 감정이었다.

아버지 앞에서 나는 언제나 당당하고 늠름한 아들이어야 한다. 나야말로 이 세상에서 유일하게 아버지의 의지처가 되는 사람이 아닌가.

그런 생각은 일찍 철들면서 생긴 자각이 가져다준 의무감이기도 했다. 이 넓은 세상에서 서로 믿고 의지할 사람은 아버지와 저뿐이라는 걸 소년이 되어가던 그 무렵에 벌써 깨달은 것이다.

아버지가 나에게 흔들리지 않는 커다란 나무이듯이 나 또한 아버지에게 든든한 기둥이 되어야 한다. 그것이 단것을 달라고 칭얼거리는 어린아이의 꼴을 벗은 무렵부터 황보강이 내내 품어왔던 생각이었다.

그래서 그는 그 꿈속에서 아버지의 손을 잡은 채 온통 붉은 구름으로 덮인 것 같은 저 위의 도유강을 바라보았다. 어렸을 때 그랬던 것처럼 꿀꺽꿀꺽, 울음을 삼키면서.

그런 황보강을 애처롭게 바라보던 아버지가 말했다.

"나는 그날의 싸움에서 혼자 살아남았다. 모두 다 죽었지. 그 강물이 피로 붉게 물들었고, 땅이 주검들을 옷처럼 한 겹 껴입었다."

황보강은 장한가를 들을 때마다 아버지가 그 노래 속의 사람이라고 생각했었다. 과거 어느 때에 아버지는 긴 강가에 진친 삼십만의 병사들 중 한 사람이었을 것이라고 생각했다. 그리고 싸움에서 패하여 모두 장렬히 전사했을 때 아버지는 홀로 살아남아 가슴 깊이 한을 품고 천하를 떠돌았으리라.

어떤 사연이 있었던지, 어떤 이유 때문인지는 알 수 없었다. 한 번도 물어본 적이 없는 그였고, 한 번도 말해준 적이 없는 아버지였던 것이다.

그 꿈속에서도 아버지는 그때의 일을 말하지 않았다. 다만 앞으로의 일을 염려해서 조심할 것을 당부했다.

"명심해라, 아들아. 그날 먼저 야습을 했더라면 강가에 피를 뿌린 건 우리가 아니라 그들이었을 것이다. 장군은 강을 건너는 걸 두려워하지 말아야 한다."

황보강은 아버지의 회한 앞에서 지금 자신이 처해 있는 모습을 생각하지 않을 수 없었다.

그때의 아버지처럼 지금의 저 또한 삼십만의 병사들과 함께 긴 강가에 진을 치고 있지 않은가.

"그들이 야습을 해온다면 너 또한 그렇게 할 수 있을 것이다. 더 강하고 더 빠르게. 그러면 장한가를 부르며 괴로워할 자는 네가 아니라 그들이 될 것이다. 나는 너에게 내 장한가를 물려주고 싶지 않다."

'야습!'

황보강의 척추를 타고 전율이 번개처럼 달려갔다.

"내 말을 명심해라. 이 강가에서 장한가를 불러야 할 자는 네가 아니다."

아버지가 그의 손을 놓고 돌아섰다.

나귀 등에서 흔들리며 천천히 멀어진다. 그리고 이내 어둠 속으로 사라졌고, 아버지의 중얼거림만 허공에 남아 떠돌았다.

"그때 장군이 내 말을 들었더라면, 그랬더라면……."

"아버지! 어디로 가십니까?"

황보강이 당황하여 소리쳤지만 한 번 어둠 속으로 사라진 아버지는 다시 돌아오지 않았다.

저 멀리 보이던 도유강도 사라졌고, 막막한 어둠이 온 세상을 덮었다.

第二章
길사하변(吉絲河邊)의 대격돌

1. 야습(夜襲)

거침없이 명천사국을 횡단해 온 청화륜의 대군이 길사하 저쪽에 도착한 건 황보강이 아버지의 꿈을 꾼 사흘 뒤였다.

그동안 황보강은 아국충, 사량지와 함께 병사들의 운용에 대하여 상의했다.

우선 황보강이 사만의 기병과 삼만의 보군들을 이끌고 전면을 맡기로 했다. 선봉이 되는 것이다.

다음으로 아국충이 기병 사만과 보군 삼만으로 벌판 좌측의 명가산에 진을 쳤다. 좌군이 되는 것이다.

그리고 사량지가 역시 삼만의 기병과 삼만의 보군으로 벌판 우측의 낮은 언덕에 의지하여 군진을 벌렸다.

나머지 십만은 각처에서 모여든 영주와 호족의 병사들이었다.

기병 삼만에 보군 칠만인데, 그들은 예비 병력으로써 후미가 되는 한편 치중을 지키는 임무를 맡았다.

그들 십만의 후군 중 기병 삼만은 언제든 전장에 투입할 수 있는 태세를 갖춘 병사들이었다.

그들을 태을천진(太乙千進)이 이끌었다.

그는 사량지가 자랑하는 용장이다. 육십의 나이라고는 믿어지지 않을 만큼 체구가 건장했고, 여전히 팔 힘이 좋아서 긴 자루가 달린 언월도를 부지깽이 휘두르듯 했다. 게다가 많은 전투를 치른 백전노장이다.

황보강이 그 태을천진을 전면에 내세우지 않고 후군으로 빼놓은 건 따로 생각하는 바가 있기 때문이었다.

각 군이 포진을 끝내고 나자 기다렸다는 듯 청화륜의 사십만 대군이 호호탕탕 밀려들었다.

길사하를 사이에 두고 두 사람이 마주 섰다.

황보강과 청화륜이 실로 오랜만에 대면한 것이다.

황보강의 뒤에는 언제나 그를 그림자처럼 따르며 수호하는 풍옥빈과 백검천, 용장보현이 섰고, 청화륜의 뒤에는 두 명의 무장과 함께 바로 그놈, '광기'가 검은 갑주를 입고 서 있었다.

폭이 스무 장쯤 되는 넓지 않은 강이지만 물이 차고 깊어 건너기 쉽지 않은 곳이다.

그 강을 마주하고 서자 서로의 얼굴 표정까지 알아볼 수 있었다.

갑주 위에 용포를 걸친 청화륜이 말 위에서 채찍을 들어 가리키며 거만하게 말했다.

"너는 항복하지 않을 셈이냐?"

당당함이 지나쳐 무례하기 짝이 없다.

황보강이 무표정한 얼굴로 그를 빤히 바라보았다. 가슴속에서는 분노와 증오의 불길이 활활 타오를망정 내색하지 않는 게 기 싸움에서 이기는 일이다.

"내 아버지는 너에게 청오랑국을 다시 가져다주었고, 너는 그분의 목을 치는 걸로 보답했지. 그러므로 너와 나의 묵은 원한은 대운성의 일로 인해 모두 끝났다. 이제는 거리낌없이 네 목을 쳐서 네가 암흑존자의 꼭두각시가 되어 다시는 이 땅을 어지럽히지 못하도록 하겠다."

황보강의 담담한 말에 청화륜이 거친 숨을 내뿜었다.

원한을 운운하는 데에 화가 났고, 암흑존자의 꼭두각시라고 하는 말에 미칠 듯이 분개한 것이다.

"이놈, 이 뻔뻔한 놈 같으니! 내 원한은 아직도 끝나지 않았다! 나는 반드시 네놈의 몸뚱이를 갈가리 찢어 들판에 뿌려놓고야 말 테다!"

"고작 그 말을 하려고 이렇게 나를 불러낸 것이라면 한심한 일이다. 사십만이나 되는 대군을 단지 너의 복수심 때문에 움직였다면 너는 옹졸하기 짝이 없는 놈이지. 그런 자가 어찌 천하를 도모할 수 있단 말이냐? 그런 너를 위해 목숨을 걸고 싸워야 하는 네 장수들이 불쌍할 뿐이다."

"죽일 놈!"

콸콸거리며 흘러가는 강물을 사이에 두고서도 빠드득 하고 이 가는 소리가 뚜렷하게 들려왔다.

"누가 뭐라고 해도 상관없다. 나는 이 싸움에서 오직 너를 죽이기 위해 모든 힘을 기울일 테니까. 그런 다음에야 가슴을 활짝 열고 천하를 향해 나아갈 테다. 네가 살아 있는 한 천하는 나에게 의미가 없어! 반드시 너를 나의 제물로 삼고 말 테다!"

청화륜의 증오는 더 깊고 커졌으며 음침해졌다. 암흑존자의 영향이리라.

황보강이 그를 비웃었다.

"너는 참 미련한 놈이다. 네 주제를 전혀 모르고 있으니 한심한 놈이기도 하지. 너는 이곳에서 절대로 달아날 수 없을 것이다. 고통을 받으며 죽고 싶지 않다면 스스로 머리를 잘라 이리 던져라. 그러면 너를 위해 사당을 세워주지. 그렇지 않으면 너는 이곳에서 가장 비참한 꼴이 무엇인지 보게 될 것이다."

"죽일 놈!"

청화륜이 분노로 부들부들 몸을 떨었다. 그가 그럴수록 황보강은 더 침착했다.

한껏 약을 올려주기로 작정한 그가 혀를 차고 나서 다시 말했다.

"먼 길을 쉬지 않고 달려왔을 테니 너의 병사들은 칼을 쥐고 서 있기도 힘들 만큼 지쳤겠지. 사흘의 기한을 주겠다. 그동안 병사와 말들을 잘 먹이고 푹 쉬게 해주어라. 그렇지 않으면 이겨봐야 별 재미가 없을 테니까."

청화륜이 부드득, 이를 갈았다. 황보강을 노려보는 눈길에서 지독한 증오의 불길이 뿜어져 나온다.

"흐흐, 기다려라. 이까짓 강쯤은 한달음에 뛰어 건너 네놈의 몸뚱이를 짓밟아줄 테다. 너는 나에게 차라리 죽여달라고 애원하게 될 것이다. 반드시 그렇게 만들어주고 말겠어."

더 이상의 대화는 필요치 않다. 서로의 적의와 전의를 확인했으면 그만 아닌가.

대군을 등 뒤에 둔 채 마주한 이 잠깐의 만남으로 해결의

실마리를 찾을 수 있으리라고는 두 사람 모두 처음부터 기대하지도 않았다.

잠시 강 저쪽의 청화륜을 노려보던 황보강이 미련없이 돌아섰다.

이제 대화가 끝났으니 두 사람이 마주할 곳은 죽음이 가득한 전장의 복판이 되어야 할 것이다.

청화륜이 '광기'와 그의 기마군단을 대동하고 나서면서부터 이 싸움은 단순하게 '죽이지 않으면 내가 죽는다'는 순진함을 크게 벗어난 것이 되었다.

암흑존자와의 싸움이고, 어둠과의 싸움이 된 것이다.

그것은 천하의 패권을 다투는 것과는 또 다른 의미가 아닌가. 그러므로 반드시 이겨야만 한다는 결의가 황보강의 가슴을 싸늘하게 가라앉혔다.

"내가 사흘의 여유를 주겠다고 했으니 그들은 우리가 방심한 채 쉬리라고 생각할 것이다. 그러므로 오늘 밤 반드시 야습을 해올 것이다."

군막에 각 군단의 수장들을 불러 모은 황보강이 그렇게 첫 마디를 떼었다.

번왕 사량지가 탁자를 내려치며 소리쳤다.

"그렇다면 본때를 보여줘야지!"

황보강이 고개를 끄덕였다.

"그렇소이다. 그들이 야습을 해온다면 그것이 첫 번째 싸움이 될 테니 반드시 우리의 강한 힘을 보여줘야 할 필요가 있지요."

"그 일은 소장에게 맡겨주십시오!"

황보강의 말이 떨어지자마자 걸걸하게 외치고 나선 자는 후군을 맡고 있는 노장 태을천진이었다.

그는 얼마 전 청화륜과의 싸움에서 패퇴한 원한도 있는데다가, 자신이 한가롭게 후군에 있게 된 걸 못마땅하게 여기고 있던 참이었다.

적과의 첫 번째 싸움을 제가 하고 싶은 의욕에 불탈 수밖에 없다.

황보강이 고개를 가로저었다.

"당신의 임무는 후방을 지키는 데에 있지. 만반의 준비를 하고 있으면 다른 기회가 있을 것이다."

매정한 말에 태을천진이 씩씩거렸지만 감히 한마디도 대꾸하지 못하고 물러났다.

이 싸움의 총사령은 황보강이고 그의 말이 곧 군령이니 아무리 마음속에 불만이 있어도 복종하지 않을 수 없는 것이다.

그건 사량지도 마찬가지였다.

비록 번왕의 신분이었으나 이번 싸움만은 황보강의 지휘

를 받기로 했으니 어쩔 수 없다.

　전장에 나온 장수와 병사들에게 군령은 곧 생명이나 같다. 그 앞에서는 지위의 고하가 아무 상관 없는 것이다.

　황보강이 모두를 위엄있게 바라보는데 말석에 있던 한 장수가 소리치며 벌떡 일어섰다.

　"소장에게 첫 싸움의 영광을 주십시오! 반드시 한 놈도 남기지 않고 섬멸하겠습니다!"

　도운성의 번인삭이었다. 제 가슴을 두드리며 하는 말이 씩씩하고 당차다.

　황보강이 빙긋 웃었다.

　황보강은 번인삭을 아끼는 마음이 컸다. 그를 보면 한참 때의 아국충을 보는 것 같았던 것이다. 귀골로 잘생긴 용모가 그렇고, 말 위에서 창을 신들린 것처럼 휘두르는 것도 그랬다. 그의 창술은 아국충의 아래가 아닐 것이라고 짐작한다.

　어느덧 중년을 넘겨 머리카락이 희어지기 시작한 아국충이 쓸쓸한 웃음을 지었다. 그 또한 번인삭에게서 젊었을 때의 자신을 보았으리라.

　황보강이 군령을 내렸다.

　"보군 삼천을 주겠다. 그것으로 할 수 있겠느냐?"

　"충분합니다!"

　"첫 싸움의 승패는 병사들의 사기에 막중한 영향을 미친

다. 만약 실패한다면 책임을 물어 군령으로 엄히 다스리겠다."

번인삭이 급히 군례를 취하고 명을 받았다.

"소장의 목을 걸겠습니다."

그 자리에 있던 무장들이 모두 부러운 듯이 번인삭을 바라보았고 또는 불만으로 볼을 부풀렸는데, 석지란과 모용탈의 볼이 가장 크게 부풀어 올랐다.

그들은 속으로 황보강이 첫 싸움을 저에게 맡길 것이라고 잔뜩 기대하고 있었던 것이다. 그러나 이미 군령이 떨어졌으니 더 왈가왈부할 수 없다.

번인삭이 씩씩하게 군막을 나가고 나서 얼마 후, 삼천 명의 보군이 매복지를 찾아 떠났다는 보고가 들어왔다.

모두 갑주를 벗어놓고 입에 재갈을 물었다는 말을 들은 황보강이 고개를 끄덕였다.

"그는 확실히 영리해. 모든 걸 빨리 배운다. 이번 싸움을 겪고 나면 또 발전해 있겠지."

야습이나 매복은 최대한 은밀함을 요구하는 일이니 쳐들어오는 자들 또한 갑주를 풀어놓고 단갑만 걸쳤을 것이다. 깊은 강을 헤엄쳐 건너와야 하니 더욱 그렇다.

잠시 막하의 무장들을 둘러보던 황보강의 눈길이 아직도 볼을 부풀리고 있는 세 사람의 장수에게 멎었다.

태을천진과 모용탈, 그리고 석지란이다.

"그대들에게는 매복보다 더 중요하고 크며 위험한 일을 맡기려고 한다."

그 말에 세 사람이 번쩍이는 눈으로 일제히 황보강을 바라보았다.

황보강이 태을천진에게 군령을 내렸다.

"휘하의 삼만 기병을 즉시 이동시키시오. 삼만의 보군을 더 딸려주겠소."

황보강의 말에 모두 어리둥절하여 그를 바라보았다.

"십 리 위쪽에 여울이 있는데, 그 아래는 여울을 지나온 거센 물살이 잠시 숨을 고르는 곳이지. 강폭이 고르고 넓은데다가 수심도 여기보다 깊지 않으니 일천 명의 기병들이 말 머리를 나란히 하고 건널 만하오. 그들이 이쪽 언덕에 줄을 묶은 다음 강을 건너 저쪽 언덕에 줄을 매놓으면 보군들이 그것을 잡고 뒤따라 강을 건널 수 있을 것이오. 기병과 보군이 모두 강을 건너면 태을 장군은 그들을 수습한 후 즉시 적의 진영을 들이치시오."

"우리도 야습을 하는 것입니까?"

태을천진이 기뻐하며 물었지만 다른 장수들은 모두 고개를 갸웃거렸다.

보기 합하여 육만의 대군이 쳐들어가는 것을 야습이라고

해야 할지 의아했던 것이다.

그런 규모의 싸움이라면 전면전이라고 해야 옳을 것이다.

황보강이 결연하게 말했다.

"청화륜이 야습을 미끼로 던졌으니 나는 곧장 쳐들어가 그들의 본영을 짓밟아 버리는 걸로 화답하겠소. 싸움은 아침이 되기 전에 끝날 것이오."

"아!"

"번인삭은 그들을 끌어들이는 우리의 미끼 노릇을 하는 것이지. 하지만 그를 지원해 주는 힘이 없다면 아까운 장수 하나를 잃고 말 것이오."

그의 눈길이 묵묵히 앉아 있는 아국충에게로 향했다. 아국충이 빙긋 웃으며 말했다.

"나에게 이곳에서 본진이 아직 남아 있는 것처럼 위장하라는 것이군?"

황보강이 크게 고개를 끄덕였다.

"그렇소. 아 장군은 휘하 사만의 기병과 삼만의 보군을 거느리고 번인삭과 함께 적을 붙잡아두시오."

"복명!"

아국충이 벌떡 일어나 씩씩하게 명을 받자 황보강이 빙긋 웃고 다시 말했다.

"한 시진이면 족하니 그 이후에는 목숨을 걸고 싸울 필요

없소. 적당한 때에 군사를 모두 물려 삼산평으로 돌아가 있으면서 그곳을 지키시오."

"그건……?'

아국충이 눈살을 찌푸리고 머리를 갸웃거렸다. 황보강의 의도를 알 수 없었던 것이다.

"머지않아 청화륜이 남은 병사들을 이끌고 쳐들어올 텐데 그 수가 얼마 되지 않을뿐더러 기세 또한 형편없을 것이니 충분히 감당할 수 있을 것이오. 그때의 군령은 아 장군이 내리되, 청화륜을 끝까지 추격할 필요는 없소. 그를 격파하여 쫓아내기만 하면 되오. 그런 다음에는 삼산평과 길산전성, 광명성, 도운성을 굳게 지키며 내 명을 기다리고 있으시오."

"아!"

아국충이 탄성을 터뜨렸다.

황보강이 이 싸움의 승리를 자신하고 있을뿐더러 그 후의 일까지 예측하고 있다는 데에 놀라지 않을 수 없었던 것이다.

2. 대전(大戰)의 서막(序幕)

"황보 장군!"

사량지가 벌떡 일어서며 소리쳤다.

"장군은 정말로 이 밤중에 일전을 벌이려는 것인가?"

"그렇소이다. 우리 중 아무도 이렇게 하리라고 짐작조차 하지 못했으니 청화륜 또한 그럴 것이오. 나는 이 한 번의 싸움으로 그를 깨뜨리고 당신에게 명천사국을 되돌려 주겠소."

"그렇다면 내가 할 일은 무엇인가? 설마 이 군막에 남아 구경만 하고 있으라는 건 아니겠지?"

황보강은 사량지가 누구에게도 지지 않는 용장이라는 걸 잘 알고 있었다. 그런 그를 어찌 놀고 있도록 하겠는가.

"왕께서는 휘하 이십만의 병사들을 지휘해 삼십 리 밖 척산 기슭에 진을 치고 있으면 되오. 그러면 청화륜이 대군을 이끌고 아국충을 추격해 올 텐데, 내 짐작으로 보기 이십만이 넘는 병세가 될 것이오. 그들을 단숨에 격파할 수 있겠지요?"

황보강의 명령은 분명했다. 아국충이 번인삭과 합류하여 잠시 저항하다가 퇴각하면 그를 추격해 오는 청화륜의 병사들을 기다렸다가 섬멸하라는 것이다.

이십만의 병사들을 매복으로 사용하겠다는 것이니 그처럼 큰 규모의 매복은 세상에 없을 것이다.

사량지가 그 말에 머리를 갸웃거렸다.

"정말 청화륜이 쳐들어올까? 단지 야습으로 우리를 흔들어 시험해 보려는 게 아니고?"

황보강이 확신에 찬 어조로 말했다.

"그렇소. 그 또한 이 밤이 새기 전에 싸움을 끝내려고 할 것이오. 한 번 부딪쳐서 통쾌하게 승리하고 싶겠지. 그에게는 여태까지 승승장구해 온 자신감이 있고, 나에 대한 원한이 있으니 반드시 전력을 다해 쳐들어올 게 틀림없소. 야습은 다만 그전에 우리를 혼란하게 하려는 술수에 지나지 않소."

사량지가 여전히 미심쩍다는 듯이 말했다.

"아직 황보 장군의 휘하 사만 기병에 대한 출진 명령이 없군."

황보강이 빙긋 웃었다.

"모용탈과 석지란이 그들을 이끌고 태을천진 장군의 좌군과 우군이 되어 적의 진영을 삼면에서 짓밟을 것이오."

그 말에 비로소 모용탈과 석지란이 입을 크게 벌리고 웃었다.

그들은 아직까지도 자신들에 대한 언급이 없어서 초조해하고 있었던 것이다.

"황보 장군 당신은? 모두 다 출진시키고 나면 홀로 있겠단 말인가?"

사량지의 말에 황보강이 껄껄 웃었다.

"나는 이곳에 남아서 번왕 저하의 인질이 되리다."

그 말에 사량지가 속셈을 들킨 아이처럼 얼굴을 붉히고 멋

쩍은 웃음을 흘렸다.

모두 군진을 떠나자 황보강이 자신의 근위대장인 호장충을 불러 명했다.

"떠날 채비를 해라. 나와 함께 오십 리 하류로 이동해 그곳에서 도강한다."

호장충이 밀명을 받고 즉시 이천 명의 귀호대를 소집해 준비를 하는 동안 황보강은 다시 두 명의 측근을 모용탈과 석지란에게 보내 밀명을 전했다.

*   *   *

그들이 왔다.

총사령 황보강의 예측이 정확하게 맞았다는 데에 번인삭은 통쾌함마저 느꼈다.

어둠 속에서 은밀하게 다가오는 자들은 대체 얼마나 되는 건지 그 수를 헤아릴 수 없었다.

번인삭이 흥분으로 쩍쩍 갈라지는 입술을 핥았다.

'조금만 더.'

축축한 땅에 배를 붙이고 엎드려 갈대 사이로 야습자들을 바라보는 시간이 제 평생을 살아온 시간보다 길고 지루하다.

황보강은 야습자들이 비교적 물살이 느린 하류 쪽에서 건

너올 것을 예상했다.

무거운 갑주도 벗어버리고 말 대신 나무토막에 의지하여 겨우 건너오리라던 그의 예측은 과연 한 치도 어긋남이 없었다.

번인삭은 황보강이 일러준 구릉 위에 일천 명의 병사를 감추어두고 자신은 나머지 이천 명의 병사와 함께 갈대숲 속에 엎드려 숨을 죽이고 있는 중이었다.

그들은 잡소리를 최대한 제거하기 위해 모두 갑주를 벗고 있었다.

갑주가 몸을 보호해 주겠지만 움직일 때마다 쩔그렁거리는 소리가 났으므로 야습이나 매복에는 장애가 될 뿐이니 그렇다.

십여 명의 적병이 극히 조심스럽게 다가왔다. 척후병일 것이다.

눈앞을 지나가는 그들을 노려보면서 번인삭은 숨마저 멈추고 기다렸다.

과연 잠시 후 낮게 서걱거리는 소리들이 갈대숲을 뒤덮고 다가오기 시작했다. 본대가 틀림없다.

일천 명은 되어 보이는 자들이 눈앞을 지나갔다. 선봉군이다.

번인삭은 여전히 축축한 땅에 배를 붙인 채 엎드려 있기만 했다. 그가 노리는 건 본진이었다.

잠시 사이를 두고 다시 야습대가 다가왔다. 족히 이천 명은 되어 보이는 자들이었다. 본진이 틀림없으리라.

그렇다면 후미에 최소한 일천 명은 더 따라붙었을 테니 오늘 밤 야습해 온 자들은 모두 사천여 명이나 되는 대병력인 것이다.

번인삭은 청화륜이 이번 야습으로 이쪽의 기세를 완전히 꺾어놓을 생각이라는 걸 알았다.

'내가 있는 한 마음대로 되지 않을걸?'

속으로 코웃음을 친 번인삭이 칼을 움켜쥐었다.

본진 이천의 보군들이 반쯤 지나갔을 때였다.

"쳐라!"

목청껏 소리치며 벌떡 일어선 그가 자신을 괴롭혔던 모든 긴장과 지루함을 단번에 떨쳐 버리려는 듯 갈대를 헤치며 거침없이 달려나갔다.

와아! 하는 함성과 함께 이천 명의 병사들이 일제히 매복처를 박차고 뛰어나와 야습대 본진의 허리를 향해 쇄도해 갔다.

야습대는 갑작스런 기습에 당황하여 우왕좌왕했지만 장수의 한마디에 즉시 전열을 가다듬고 좌우로 산개해 반격해 왔다.

잘 훈련된 정병들이었던 것이다.

창 대신 칼을 쥔 번인삭의 무용은 단연 돋보였다. 그가 아무 두려움 없이 적진 깊숙이 뛰어들었는데, 용맹하게 칼을 뿌릴 때마다 비명 소리가 솟구쳤다.

장수가 그처럼 제 몸을 사리지 않고 싸우니 따르는 병사들 또한 그렇게 되지 않을 수 없다. 게다가 이쪽이 이천이고 야습대의 본진 또한 이천 명이니 조금도 밀리고 싶은 마음이 없었다.

용맹한 그들의 투지 앞에서 청화류의 야습대 본진은 크게 흔들리기 시작했다.

한번 기세가 꺾이면 걷잡을 수 없이 무너지는 게 이와 같은 단병접전의 특징이다.

용기가 주위의 사람들에게 전파되듯이 두려움도 그렇다. 한 명이 겁을 먹고 주춤거리기 시작하면 두려움이 빠르게 주위로 퍼져 나가는 것이다.

"물러서지 마라! 적은 몇 놈 되지 않는다!"

장수가 칼을 휘두르며 악을 쓰지만 무너지기 시작한 전열을 바로잡기에는 역부족이었다.

번인삭이 진로를 방해하는 적병들을 쳐 넘기며 곧장 그자에게로 달려갔다.

앞서 지나갔던 선봉 일천 명은 한 마장쯤 전진했다가 본진에서 나는 소란 소리를 들었다.

"회군!"

매복에 걸린 걸 안 장수가 칼을 휘두르며 소리쳤다. 그 즉시 선봉 일천 명이 본진과 합류하기 위해 급히 방향을 틀었다.

발각된 이상 야습의 효과는 모두 사라졌다.

더 이상 은밀히 움직여야 할 필요가 없어진 그들이 일제히 함성을 질러 본진의 병사들을 응원하면서 달려갔다. 갈대숲이 와사삭거리고 철벅거리는 소리들로 가득 찼다.

그렇게 언덕 아래를 지나는데, 수많은 벌 떼가 달려드는 것 같은 소리가 났다.

화살이었다.

소나기처럼 머리 위로 퍼붓는 그것들이 대체 어디에서 날아오는 것인지조차 알아볼 수 없었다.

이내 비명 소리가 갈대숲에 진동하고 어두운 하늘 가득 울려 퍼졌다.

한바탕 화살의 소나기가 지나가더니 언덕 위에서 요란한 함성과 함께 일천여 명의 병사들이 구르듯 달려 내려왔다.

의외의 매복자들을 만난 청화륜의 야습대 선봉군은 더 이상 당황할 수 없을 만큼 당황했다.

싸움이 벌어지기도 전에 동료와 부상자들을 내팽개치고 달아나는 놈들이 속출했다.

그렇게 되자 싸움은 싱거운 것이 되고 말았다. 몇 번 비명이 터져 나오더니 모두 병장기를 버리고 항복했던 것이다.

선봉으로 나갔던 자들이 지리멸렬했다는 걸 안 청화륜의 야습대는 더 이상 싸울 마음이 없었다. 성난 범처럼 달려든 번인삭의 칼에 장수의 목이 떨어지는 걸 본 뒤로는 더욱 그렇다.

번인삭과 그의 병사들은 달아나는 자들의 뒤를 짓밟듯이 쫓아갔고, 야습대의 후미 일천여 명은 본진을 돕기 위해 달려왔다.

대열이 무너져 둑 터진 물처럼 도망쳐 오는 본진의 병사들과 후미의 병사들이 뒤엉키고 말았다. 그렇게 되자 군율과 질서가 모두 엉망이 되었다.

기세를 올리며 달려온 후미의 병사들이 비키라고 소리치지만 도망쳐 온 본진의 패잔병들에게 그 소리는 아무 소용이 없었다.

번인삭이 매복병 일천 명까지 더한 모든 병력을 이끌고 그들을 들이치기 시작했다.

아수라장이 된 갈대밭에서 죽어 넘어지는 건 야습자들이었다.

이제는 본진의 패잔병들과 후미의 병사들이 모두 번인삭의 사냥감으로 전락하고 만 것이다.

대승이었다.

3. 황보강의 전략

"죽일 놈!"

청화륜이 부드득 이를 갈았다.

그는 황보강의 예측대로 자신의 병사들 중 절반인 이십만
이나 되는 대군을 이끌고 하류에서 넓게 퍼지며 얕아진 강을
건너 은밀히 올라오고 있는 중이었다.

앞서 보낸 야습대가 잠에 빠져 있는 적의 본진을 들이쳐 혼
란을 일으키면 이십만의 대군으로 측면에서 강하게 쳐들어가
황보강과 사량지의 연합군을 통쾌하게 깨뜨릴 작정이었다.

그런데 연락병을 통해 야습대가 적의 매복에 걸려 전멸지
경에 이르고 있다는 보고를 받은 것이다.

"교활한 놈. 제 아비를 닮아 영악하기 짝이 없구나."

다시 이를 갈며 곁을 돌아보았다. 거기 암흑존자가 보내온
든든한 후원군 '광기'가 있었다.

검은 갑주를 입고 검은 말에 올라탄 채 무심한 얼굴로 마주
본다.

청화륜이 눈살을 찌푸렸다.

자신에게 거듭되는 승리를 가져다준 고마운 존재이지만

그만큼 꺼림칙하고 섬뜩한 존재이기도 했던 것이다.

그와 그가 이끌고 있는 삼만의 기마군단, 악몽들은 사람이면서 사람이 아닌 괴물들이다.

청화륜은 불쑥 그것들에 의해 언젠가는 자신마저 갈가리 찢겨 죽을지 모른다고 생각했다.

'이번 싸움만 승리하고 나면 존자에게 말하여 그들을 모두 데려가라고 해야겠어.'

그런 속생각을 감춘 채 청화륜이 '광기'에게 물었다.

"어떻게 했으면 좋겠소?"

"결정은 네가 하는 것이다."

'광기'가 아무런 감정도 깃들어 있지 않은 눈으로 마주 바라보았다. 죽은 자의 눈 같다.

"그렇지. 결정은 내가 하는 것이지."

청화륜이 입술을 깨물었다.

더 망설이거나 두려워할 게 아니라고 생각했다.

한번 마음먹은 일 아닌가. 야습대가 매복에 걸려 괴멸되고 있다니 적들이 그 소란에 잠이 깨어 준비를 갖추기 전에 쳐들어가 짓밟아 버리는 게 상책일 것이다.

마음을 정한 청화륜이 신경질적으로 소리쳤다.

"전군 돌격! 놈들을 한 놈도 남기지 말고 짓밟아 버려라!"

이제 더 이상 기척을 숨기기 위해 애쓸 필요 없게 된 대군이 일제히 함성을 지르며 말을 달려 나갔다.

이십여 만에 이르는 기병과 보병 중 대부분은 강을 건너왔다.

아직도 도하 중인 후미의 병력이 있지만 모두 합류하기를 기다릴 새가 없다.

그들이 전력을 다해 내달리자 그 소리에 하늘이 놀라 흔들리고 땅이 지진을 만난 것처럼 요동을 쳤다.

강을 따라 무성한 억새밭을 짓밟으며 달려 나아가는 그들을 가로막을 건 이 세상에 아무것도 없을 것 같았다.

밀물 같은 기세의 선두에 청화륜이 있었다.

그는 과연 황보강의 예측대로 이 한밤의 기습을 통해 단번에 삼산평과 명천사국의 연합군을 괴멸시켜 버릴 작정이었던 것이다.

이와 같은 대군이 대치하면 우선 양쪽 모두 요충지를 차지하고 장군막을 세운다.

그런 다음 전략에 따라 다시 부대를 편성 배치하고 치중을 적재하며 목책을 설치하는 등의 모든 준비를 갖추는 데 며칠이 걸리게 마련이었다.

그 일이 끝나면 싸움의 기세를 북돋기 위한 탐색전을 몇 차례 치른다.

그리고 나서야 전면전으로 확대되니 빨라도 삼사 일 뒤에

나 본격적인 전투가 시작되는 게 정상인 것이다.

그러므로 의외의 기습을 당한 황보강과 사량지의 연합군은 당황하여 미처 진을 벌리기도 전에 무너질 게 틀림없다.

그게 청화륜이 굳게 믿는 바였다. 그리고 의외의 시기에 들이치는 이와 같은 기습전은 큰 성과를 거둘 확률이 높은 것도 사실이었다.

과연 이십만의 대군 앞에서 적의 매복 부대는 미처 부딪치기도 전에 지리멸렬하여 산지사방으로 흩어져 달아났다.

이제 적의 본진까지는 불과 오 리 길이다.

청화륜은 달아나는 매복 부대 따위에게는 눈길도 주지 않았다. 오직 장수들을 급하게 재촉하며 달려갔다.

"온다!"

말발굽 소리와 함성 소리가 어둠을 뒤흔들며 다가오는 걸 지켜보던 아국충이 즉시 병사들을 좌우로 벌렸다.

삼만의 기병 중 일만을 전면에 내세우고 나머지 이만을 좌우의 어둠 속에 감추었으며, 삼만의 보군들을 후미에 넓게 포진시켜 본진을 지키게 했다.

그들은 어둠 속에 고요히 서 있었으므로 가까이 다가오기 전에는 알아채기 힘들었다.

번인삭이 삼천 명의 병사들과 함께 밀물에 떠밀려 오듯이 도망쳐 왔다.

그의 역할은 청화륜의 본대를 급하게 끌어들이는 유인자의 역할이었고, 그는 그것을 완수했다.

"말!"

번인삭이 칼을 내던지며 소리치자 수하가 즉시 그의 애마와 장창을 가지고 달려왔다.

급하게 갑주를 차려입은 번인삭이 말 위에 올라타고 장창을 거머쥐었다.

본연의 늠름하고 활달한 기세가 살아나 선봉으로 나선 일만 기병들을 압도한다.

이내 본진에서 아국충의 전령이 달려왔다.

"좌우로 적을 갈라놓은 후 퇴각하라는 명이십니다!"

"반 시진을 놀아보겠다. 그렇게 전해."

전령을 돌려보낸 번인삭이 소란스러운 어둠 속을 노려보았다. 달려오고 있는 말발굽 소리와 보군들의 함성 소리가 빠르게 가까워지고 있다.

드디어 흐린 달빛 아래 적의 선두가 보이기 시작했다.

번인삭이 장창을 들어 앞을 가리키며 소리쳤다.

"적의 복판을 곧장 뚫는다! 모두 내 군호에 집중하여 따르라!"

그의 말이 긴장으로 투레질을 하며 앞발을 들고 섰다. 일천 명의 호위대가 번인삭 곁에 모여들었고, 나머지 구천 기병들이 좌우로 벌려 서서 날개를 펼친 것 같은 대형을 이루었다.

"간다!"

준비가 끝나자 번인삭이 즉시 말의 배를 박차고 튕겨진 것처럼 앞으로 달려나갔다.

호위대가 그와 한 덩어리가 되어 곧장 쳐들어가고, 좌우의 날개를 이룬 구천 기가 빠른 구름처럼 청화륜의 삼만 선봉대를 향해 달려나갔다.

우두두두—

어둠 속의 억새 벌판이 말발굽 소리로 가득 찼다. 천지가 진동한다.

이내 번인삭의 첫 번째 창이 청화륜의 선봉대와 부딪쳤다.

그는 달리는 말의 속도를 늦추지 않은 채 고삐를 안장에 걸고 상체를 꼿꼿이 세웠다. 두 손으로 장창을 굳게 잡고 휘두르는 것이 바람개비를 돌리는 것 같았다.

좌우를 후려치고 정면을 무찌르며 뚫고 나가는 기세가 질풍노도와 같다.

그의 앞에는 거치적거리는 자들이 없었다. 부딪치는 족족 창에 찔려 떨어지니 그렇다.

그 어느 때보다 번인삭의 용맹은 빛을 발했다. 그만큼 신이

나 있는 것이다.

그의 창 앞에서 밀물처럼 급하게 밀려들어 왔던 청화륜의 선봉 삼만 기가 주춤거렸다.

그들은 의외의 강력한 저항에 당황했지만 머릿수에서 상대를 압도하는 터다. 혼란은 오래가지 않았고, 장수의 연이은 호령과 군호에 용기를 얻은 기병들이 사방에서 번인삭과 그의 병사들을 압박해 들어오기 시작했다.

싸움이 이내 혼전의 양상으로 변했다.

흐린 달빛에 의지하여 적과 아군을 구별하면서 싸워야 하는 이런 혼전 속에서는 오히려 수가 많은 쪽이 불리했다. 누가 적인지 아닌지 가려보는 일에 더 많은 신경을 써야 하기 때문이다.

반 시진쯤 그렇게 아수라장 같은 전투가 벌어졌다. 그동안 청화륜의 모든 부대는 진격이 늦어졌고, 선봉장은 문책이 두려워 더욱 병사들을 독려하고 재촉하며 칼을 휘둘러 싸웠다.

어둠 속에서의 난전은 혼란할 수밖에 없다. 누구나 쉽게 제 위치를 파악할 수 없으므로 그렇다.

싸우는 동안 제가 지금 어디로 치닫고 있는 건지, 적이 어디로 유인하고 있는 건지 즉각 알아볼 수가 없는 것이다.

자연히 전장은 온 억새 벌판으로 넓게 퍼져 나갔다. 한 덩어리가 되어 내달아왔던 청화륜의 삼만 선봉대가 밀가루 반

죽을 누른 것처럼 엷어졌던 것이다.

피를 흠뻑 뒤집어쓴 채 악귀처럼 싸우던 번인삭이 하늘을 보았다. 구름 속에 숨고 나오기를 거듭하고 있던 달이 저만큼 물러가 있었다. 반 시진이 충분히 지난 것이다.

"회군!"

군호를 외치자 그를 따르던 전령이 호각을 불었다. 높고 날카로운 그 소리가 밤하늘 멀리 울려 퍼졌고, 그 즉시 정신없이 싸우던 일만 기병들이 말 머리를 돌렸다.

저 멀리 횃불이 이글거리고 있는 본진을 향해 일제히 퇴각하기 시작한다.

승기를 잡았다고 여긴 청화류의 기병단이 악을 쓰며 뒤쫓았다. 불과 반 시진 동안의 전투에서 커다란 피해를 본지라 달아나는 적에 대한 노여움이 더 컸던 것이다.

선봉장 곽거철은 칠 척 거구의 용장이다. 달리는 말 위에서 한 쌍의 철퇴를 부지깽이 휘두르듯 했는데, 그것에 맞으면 사람이든 말이든 할 것 없이 박살 났다.

곽거철은 우습게 여겼던 적의 일만 기마군단과 조우하여 그들을 단숨에 짓밟아 버리지 못한 일을 분하게 여겼다.

달아나는 자들의 뒤통수를 깨뜨릴 작정으로 가장 앞서 말을 몰아 쫓아가며 고래고래 악을 써대는 것이 그대로 적의 본진을 짓밟아 버릴 기세였다.

왕이 도착하기 전에 제가 거느린 삼만의 선봉 철기들로 명천사국과 삼산평의 연합군이라는 것들을 산산이 부수어놓는다면 그 공이 누구보다 클 것 아닌가.

그런 욕심에 곽거철은 두려움없이 번인삭의 뒤를 바짝 쫓았다.

"이 비겁한 놈, 거기 서지 못해! 네가 정녕 사내라면 나와 일백 합을 겨루어보자!"

"무엇이?"

등을 보이고 달려가던 번인삭이 즉시 돌아섰다.

"하하, 이 미련한 놈아, 그렇게 죽기가 소원이란 말이냐?"

창을 들어 가리키며 비웃자 더욱 화가 난 곽거철이 양손에 쥔 철퇴를 부지깽이 휘두르듯 하며 곧장 달려왔다.

번인삭이 그를 향해 마주 달려나가며 다시 약을 올렸다.

"지금이라도 너의 그 지저분한 꽁무니를 감추고 달아나면 목숨은 건질 수 있을 게다."

"이놈!"

곽거철의 철퇴가 바람을 가르고 떨어졌다.

그것을 피해 말 등에 납작 엎드려 스쳐 지나간 번인삭이 돌아서더니 곽거철을 향해 달려들었다.

말 머리를 틀어 마주 달려온 곽거철이 다시 철퇴를 휘두르지만 번인삭의 장창이 더 길고 빨랐다.

쉭, 하는 소리와 함께 쇠뇌처럼 뻗어 나간 장창이 단번에 곽거철의 가슴을 꿰뚫어 버린다.

수많은 전장을 치달리며 용맹을 떨친 곽거철이었으나 번인삭의 장창 앞에서는 변변히 싸워보지도 못하고 목숨을 잃은 것이다.

장수가 말에서 떨어지는 걸 본 그의 호위대가 전력으로 달려왔을 때 번인삭은 이미 저만큼 앞서 달아나고 있었다.

좌우의 어둠 속에서 함성과 함께 말발굽 소리가 천지를 진동하며 쏟아져 나왔다.

갑자기 허리를 찌르고 들어오는 기마군단의 쇄도에 청화륜의 선봉군은 어찌할 바를 모르고 우왕좌왕했다. 게다가 장수마저 잃었지 않은가.

어둠 속에서 철벽을 밀고 들어오는 듯이 쇄도해 오고 있는 기마군단은 아국충이 이끄는 이만의 철기였다.

거기에 퇴각하던 번인삭이 일만의 선봉을 이끌고 되돌아서서 다시 달려오고 있었으니, 아국충은 제가 거느린 총 삼만의 철기를 모두 이 싸움에 투입한 것이다.

청화륜의 선봉이 본진과 합류하기 전에 강력하게 들이쳐 괴멸시킬 작정이었다.

장수마저 잃은 청화륜의 선봉에게 있어서 번인삭과 아국충은 무섭기만 한 장수들이었다.

번인삭이 무인지경을 달리듯이 적의 중앙을 휩쓸었고, 아
국충 또한 그와 경쟁이라도 하듯이 갈래진 창을 어지럽게 휘
둘러 닥치는 대로 적병을 찔러 떨어뜨리며 좌측면을 휘저었
다.

그들 두 장수의 용맹과 무용은 단연 빛났다.

청화륜의 선봉대에는 그들을 당해낼 장수가 없었다.

그뿐 아니라 모두가 용맹한 전사들로 단련된 삼산평의 정
병 삼만 기가 폭풍처럼 휩쓸어오니 그 앞에서 청화륜의 철기
들은 추풍낙엽 같기만 했다.

드넓은 억새밭이 수많은 철기가 이리저리 내닫는 통에 황
무지로 변해갔다.

흐린 달빛 아래 억새 벌판을 가득 메우고 치닫는 기병들의
함성과 말발굽 소리, 비명 소리들로 천지가 온통 들끓었다.

부상을 입은 말들이 부딪치는 걸 상관하지 않고 미친 듯이
날뛰었고, 주검이 벌판 가득 깔렸으며, 부상자들의 신음 소리
가 호곡 소리처럼 밤하늘에 울렸다.

선봉이 괴멸되고 있다는 소식을 들은 청화륜이 본대를 재
촉하여 전장을 향해 전속력으로 달려갔다.

총 십칠만의 기병과 보군들이다.

그들이 일제히 내닫자 강변의 드넓은 억새 벌판이 온통 인
마로 뒤덮이고 말았다. 하늘을 시커멓게 가리며 날아드는 메

뚜기 떼 같은 광경이었다.

새벽 어림의 어슴푸레한 어둠이 수많은 정령들을 쏟아내고 있는 것 같기도 했다.

적의 선봉을 괴멸시킨 아국충이 군호를 내렸다. 그 즉시 삼만 기병들이 뒤도 돌아보지 않고 남쪽을 향해 퇴각하기 시작했다. 썰물이 빠지는 것 같다.

"쫓아라! 한 놈도 놓치지 마라!"

미친 듯이 말을 몰아가면서 청화륜이 악을 썼다.

자신의 선봉 삼만 기병들이 벌판 가득 죽어 있는 걸 보았을 때 이 야습의 계획은 실패로 돌아갔다는 걸 인정하고 돌아서야 했다.

그러나 청화륜은 분노와 황보강에 대한 증오 때문에 그렇게 하지 못했다.

더구나 꼬리를 보이고 저렇게 달아나고 있는 적병들이 눈앞에 있지 않은가.

조금만 더 쫓아가면 뒤에서부터 들이칠 수 있을 것 같았다. 그러면 무자비하게 짓밟아 복수할 수 있다는 생각 때문에 청화륜은 달리는 말의 배를 더욱 걷어찰 뿐이었다.

4. 무용(武勇)

그 무렵 황보강은 모두가 떠나고 텅 빈 군진을 소리없이 빠져나와 벌판을 달려가고 있었다.

호장충이 이끄는 귀호대의 엄중한 호위를 받으며 멀리 벌판을 돌아 전장에서 완전히 떠나는 것이다.

일천 명이던 귀호대는 지난 몇 년 동안 삼산평의 규모가 커짐에 따라 용사들을 더 충원하여 지금은 이천 명으로 불어나 있었다.

그들 개개인은 황보강을 위해 목숨을 버리는 것마저 망설이지 않을 만큼 충성스러웠고, 강도 높은 훈련으로 인해 모두가 일당백의 용사들로 거듭나 있었다.

황보강은 어떤 전장의 한복판에 내던져져도 자신의 귀호대와 함께한다면 뚫고 나갈 자신이 있었다.

오직 황보강을 따를 뿐인 그들은 충분히 전장을 떠났다고 여겨지자 다시 방향을 틀어 북쪽으로 치닫기 시작했다. 오십리 밖에서 도강하여 대하산(大河山) 기슭의 적하곡(赤河谷)으로 가려는 것이다.

그 시각에 본진 위쪽 십 리 지점의 여울 아래에서는 태을천진이 황보강의 명대로 이쪽과 저쪽의 강 언덕에 일천 개의 줄을 매놓고 보기(步騎) 육만의 대군을 도하시키고 있었다.

기병들은 말을 탄 채 강을 건넜고, 보군들은 줄에 의지하여 어둠 속에서 은밀하고 신속하게 이동했다.

말이 헤엄쳐 건널 만큼 물이 얕은데다가 방해하는 적이 없으니 삼만의 기병과 삼만의 보군이 강을 건너는 데 불과 한시진 남짓 걸렸을 뿐이다. 말과 사람이 모두 일심동체가 되어 움직였던 것이다.

그들이 도하를 하는 시각에 석지란과 모용탈은 사만의 기병들과 함께 더 상류 쪽에서 강을 건너고 있었다. 물살이 급하지만 수심이 깊지 않아서 말을 타고 건널 만한 곳이었다.

아국충과 번인삭의 기마군단이 적의 선봉을 괴멸시키고 있을 무렵에 태을천진과 석지란, 모용탈은 도강을 마치고 합류하여 아직 이십만의 적병이 주둔하고 있는 청화륜의 본영을 함께 바라보고 있었다.

십 리쯤이니 말을 몰아 달려가면 밥 한 그릇 먹을 만한 시간에 도달할 수 있다.

태을천진이 좌우에 선 석지란과 모용탈을 돌아보고 머리를 끄덕였다. 시작하겠다는 뜻이다.

석지란과 모용탈이 즉시 자신들의 기마군단으로 돌아간 것과 동시에 태을천진이 커다란 칼을 뽑아 앞을 가리키며 소리쳤다.

"자, 이제 복수를 할 때다! 마음껏 짓밟고 죽여라!"

청화륜의 신청오랑국에 패하여 이곳까지 도망쳐 온 한을

잊지 않고 있는 병사들이 함성으로 명을 받았다.

"가자!"

태을천진이 말을 몰아 달려나갔고, 그 뒤를 삼만의 철기와 삼만의 보군들이 밀물처럼 따랐다.

언덕을 내려와 드넓은 억새 벌판에 흩어지니 곧 벌판이 그들로 뒤덮였다.

말발굽 소리와 함성으로 천지가 진동한다.

그것을 보며 석지란과 모용탈은 각기 이만의 철기들을 이끌고 벌판의 좌우로 멀리 떨어져 달려갔다.

황보강의 병략대로 태을천진이 적의 정면과 충돌하여 그들을 끌어내면 좌우에서 기습해 한바탕 휘저을 작정인 것이다.

청화륜이 남겨놓은 이십만의 병사들은 갑작스런 기습에 놀랐다.

외곽을 지키던 기병 일만이 즉시 달려나왔지만 태을천진과 그의 삼만 기병을 막을 순 없었다.

노도 앞의 흙덩이처럼 일만 기병대가 태을천진의 기마군단에 휩쓸려 흔적도 없이 사라져 버렸다.

그러나 적은 이십만의 대군이었다. 일이만 명쯤 희생당했다고 해서 크게 동요하지 않는다.

그들이 시간을 벌어주는 동안 정신을 차리고 군령을 세운 신청오랑국의 병사들이 일제히 태을천진의 기마군단을 상대하기 시작했다.

태을천진이 신장 같은 용맹을 발휘하고 그의 병사들이 하나같이 굶주린 늑대들처럼 사나워도 그들은 고작 보기 육만이었다.

이십만의 적진 속에 난입해 들어가자 이번에는 그들이 커다란 늪 속에 빠진 새끼 사슴 같은 꼴이 되었다. 점점 깊이 빠져들어 사라져 버릴 것 같다.

그러나 태을천진은 조금도 두려워하지 않았다. 석지란과 모용탈을 믿기 때문이다.

그는 자신이 조금이라도 더 적들을 끌어내 혼전으로 이끌어가는 게 그 두 장군을 도와주는 일이라는 걸 알기에 더욱 부하들을 독려하며 용맹하게 싸웠다.

태을천진이 벌판에 가득한 억새풀보다 더 많은 것 같은 적병 속으로 깊숙이 뛰어들어 가 고군분투하기를 얼마나 했을까. 수많은 적을 베었지만 그의 병사들 또한 빠르게 그 수가 줄어들기 시작하고 있었다.

아무리 용맹스런 자들이라고 해도 적에게 몇 겹으로 에워싸인 채 한 시진을 버틸 수는 없다.

이대로 가다가는 고립무원의 섬처럼 되어 전멸당해 버릴지도 모른다는 불안이 태을천진을 초조하게 할 무렵이었다.

와아, 하는 함성과 말발굽 소리가 천지에 진동했다. 드디어 멀리 돌아갔던 석지란과 모용탈의 기병들이 좌우에서 엄습해 들어오기 시작한 것이다.

"됐다!"

태을천진이 기쁨의 외침을 터뜨렸다.

의외의 기습을 당한 적병이 크게 흔들리며 동요하는 걸 느낄 수 있었다.

투지와 의욕이 되살아난 그가 병사들을 독려하며 용맹하게 적의 중앙을 헤집어댔다.

석지란과 모용탈은 기뻐서 미칠 지경이었다. 이처럼 장쾌한 싸움을 오랜만에 해보기 때문이다. 초원에서 대군을 몰아치달리며 마음껏 칼을 휘둘러 싸우던 그때로 되돌아간 것 같기만 했다.

그들의 용맹이 양 떼 속에 뛰어든 표범과 같았다. 칼이 번쩍일 때마다 적병의 장수와 기병들이 찍히고 베어 말에서 굴러 떨어졌다.

이제 이십만이라는 적병의 숫자는 별 의미가 없었다.

좌우에서 엄습해 온 기병 사만과 태을천진의 병사들이 합류하니 적은 걷잡을 수 없이 무너지기 시작했다.

태을천진과 석지란, 모용탈은 마음껏 드넓은 벌판을 휩쓸며 종횡으로 치달았다.

추풍낙엽처럼 떨어지는 적의 희생에 비해 이쪽의 희생은 많지 않았다.

처음 적진의 정면을 뚫고 들어간 태을천진 쪽에서 대부분의 전사자가 나왔을 뿐, 좌우에서 엄습해 들어온 석지란과 모용탈 쪽의 피해는 극히 적었다.

한번 전세가 기울기 시작하자 이십만을 자랑하던 적병은 봄볕에 눈이 녹듯이 빠르게 소멸되어 갔다.

태을천진과 석지란, 모용탈은 당황하여 우왕좌왕하는 그들을 마음껏 짓밟았다.

어느덧 멀리서 새벽 여명이 밝아오기 시작했다.

드넓은 강변의 벌판이 신청오랑국 병사들의 주검으로 뒤덮이다시피 했다. 그들의 피가 강물로 흘러들어 강마저 붉게 물들인다.

이십만의 군세를 자랑하던 자들이 사분오열되고 지리멸렬하여 산 자를 찾아보기 힘들었다.

예상을 뛰어넘는 대승이었다.

"수고했소!"

전장을 수습하기에 여념이 없는 태을천진에게 큰 소리로 인사말을 건넨 석지란과 모용탈이 휘하의 기병들을 이끌고 일제히 북쪽을 향해 강을 따라 달려가기 시작했다. 전장을 떠나는 것이다.

"본진은 그쪽이 아니잖아! 대체 어디로 가는 것이냐?"

깜짝 놀란 태을천진이 소리쳤다.

멀리서 석지란의 껄껄 웃는 웃음소리가 들려왔다.

"우리는 아직 해야 할 일이 있다네. 이곳은 이제 당신이 알아서 하시게!"

그들이 썰물처럼 전장을 빠져나가 사라지고 나서도 태을천진은 멍하니 바라보고 서 있기만 했다.

질풍처럼 전장을 헤집어놓고 다시 질풍처럼 사라진 그들의 속셈을 알 수 없었던 것이다.

그 무렵 아국충은 적의 선봉을 괴멸시키고 청화륜을 유인하여 급하게 남쪽으로 달아났다. 사량지의 대군이 매복해 있는 척산을 향해서였다.

어느덧 동쪽 하늘이 어슴푸레 밝아오고 있었다. 길고 치열했던 밤이 지나고 새벽이 다가오고 있었던 것이다.

아국충과 번인삭은 십칠 만의 대군에 쫓겨 정신없이 달아나는 것처럼 보였다.

잡힐 듯 잡히지 않는 그들에게 청화륜은 더욱 화가 났다. 미칠 것 같다.

그가 대군을 재촉하며 뒤쫓는데, 저 앞에 우뚝 솟아 있는 산이 보였다.

"느낌이 좋지 않습니다!"

중랑장 이필이 급히 청화륜 곁에 따라붙어 소리쳤다.

"저 산이 수상합니다! 이쯤에서 추격을 멈추는 게 좋을 것 같습니다!"

"허튼소리!"

청화륜이 사납게 눈을 흘겼다.

"다 쫓아왔다! 놈들이 산으로 달아나 농성이라도 할 모양이지만 어림없지!"

그는 자신의 십칠만 대군이라면 저까짓 야산 하나쯤은 삽으로 퍼내서 평지를 만들어 버릴 수도 있다고 믿었다.

"저놈들이 정말 산 위로 도망치는 거라면 스스로 제 무덤을 파는 것과 다름없다!"

소리친 청화륜이 왼쪽을 맡고 있는 '광기'와 어둠의 군단을 바라보았다.

그들 삼만의 검은 악몽들은 죽음의 사자들이다.

그들이 아무 말 없이 벌판 왼쪽을 뿌연 먼지구름으로 뒤덮으며 달려가고 있는 모습을 바라보는 것만으로도 마음이 든든해졌다.

이 세상에서 저 무지막지한 자들을 당할 군대는 어디에도 없으리라.

다시 오른쪽을 보았다.

거기에는 상승장군으로 불리는 귀범서가 오만의 철기들을 이끌고 맹렬히 달리고 있었다.

그의 무용과 기백을 믿는 청화륜은 더욱 마음이 든든해지기만 했다.

이 넓은 천하에서 자신의 이와 같은 위세를 당할 적은 없다고 믿는다. 게다가 뒤를 받치며 따르고 있는 기병들이 삼만이고 보군이 사만이나 되지 않는가.

자신의 친위 기병단 이만이 없어도 아무 문제가 되지 않을 것이라고 굳게 믿었다.

그러나 그의 자만심은 얼마 가지 못해 산산이 깨지고 말았다.

아국충과 번인삭이 이끄는 기병들이 산을 돌아 사라지자 이내 수많은 보군들이 엎드려 있던 땅을 박차고 일어섰던 것이다.

족히 삼만은 되어 보이는 그들이 일제히 활시위를 당기는 게 멀리서도 뚜렷이 보였다. 그리고 새벽하늘이 갑자기 어두컴컴해졌다.

쏴아아아, 하는 요란한 소리가 하늘을 뒤덮고 들려왔다. 화살의 소나기였다.

그들은 척산 앞쪽에 매복하고 있던 삼산평의 삼만 보군들이었다. 황보강의 독려 아래 그동안 쉬지 않고 궁술을 연마하여 지금은 개개인이 명궁으로 불리기에 손색없는 병사들이다.

삼만 대의 강전이 이백 보의 거리를 순식간에 날아와 우박처럼 머리 위에 떨어져 내리기 시작했다.

그것을 방패로 가리고 칼로 쳐내느라고 추격의 속도가 현저하게 떨어졌다. 그리고 다시 두 번째 화살의 우박이 머리 위에 떨어졌다.

쩽강거리는 소리가 사방에서 귀따갑게 들려왔다. 비명 소리와 말 울음소리들이 터져 나와 아비규환이 된다.

"멈추지 마라! 그대로 들이쳐 짓밟아 버려!"

방패를 우산처럼 치켜든 청화륜이 악을 쓰며 말을 재촉했다.

이런 상황에서 머뭇거리지 말아야 한다는 그의 판단은 옳았다.

적의 표적이 되느니 위험을 무릅쓰고 전력으로 달려가 궁수들을 짓밟아야 하는 것이다. 그래야 더 큰 피해를 입지 않을 수 없다.

그 과정에서 화살에 맞아 죽는 자들은 어쩔 수 없다.

第三章

횡단천하(橫斷天下)

1. 황보강의 책략

청화륜의 대군이 화살비 앞에서 잠시 주춤거리는 동안 아국충과 번인삭이 이끄는 삼만의 기병들은 척산을 돌아 보이지 않게 되었다.

세 번에 걸쳐 화살의 소나기를 퍼부어댔던 삼만의 궁수들도 모두 뿔뿔이 흩어져 산 위로 달아나고 있었다.

청화륜이 이를 부드득 갈았다.

얼마의 희생이 생겼는지 모른다. 알고 싶지도 않았다. 수천, 아니, 수만 명이 그 세 차례의 화살비 속에서 죽었다고 해도 대수로울 게 없다. 아직도 저의 병사들은 이 벌판을 뒤덮고도 남을 만큼 충분하지 않은가. 저놈들을 모조리 잡아 죽이는 걸로 복수를 하면 된다.

그런 생각으로 더욱 분노의 불을 지피며 미친 듯이 쫓아 기어이 척산 기슭에 이르렀을 때였다.

쿵!

산 위에서 포성이 울리더니 온 산이 함성으로 들끓었다.

사방에서 쏟아져 나오는 말발굽 소리로 땅이 진동하고 하늘이 뒤흔들렸다.

매복하고 있던 사량지의 이십만 대군이 일시에 사방에서 쳐들어오기 시작했던 것이다.

기병이 십만에 보군이 십만인 어마어마한 군세 앞에서 청화륜은 깜짝 놀라고 말았다.

사량지가 대군을 이끌고 이곳에 매복해 있으리라고는 생각지도 못했던 것이다.

자신의 군세를 압도하는 그들의 급습에 청화륜과 그의 병사들은 금방 우왕좌왕하기 시작했다. 장수들의 호령에 전열을 가다듬고 대적하지만, 기다리고 있던 자와 뜻밖의 기습을 당한 자들 사이에는 사기에서부터 차이가 날 수밖에 없었다.

지평선이 드러나고 있는 새벽의 드넓은 억새 벌판에 비명과 고함 소리, 말달리는 소리들이 가득해졌다.

　　　　＊　　　　＊　　　　＊

　날이 완전히 밝아졌고, 황보강은 대하산 기슭의 적하곡에
서 무사히 전장을 빠져나온 석지란과 모용탈을 맞이했다.

　점고를 해보니 사만의 기병만으로 구성된 그들의 전력은
거의 그대로 유지되고 있었다. 지난 새벽의 치열한 싸움에서
이천여 명을 잃었을 뿐이니 기적과도 같은 일이라고 해야 하
리라.

　"대승이야!"

　석지란이 흥분하여 크게 소리쳤다.

　"그런데 이제 우리는 무엇을 해야 하지?"

　모용탈이 골짜기 왼쪽에 흐르고 있는 붉고 넓은 강과 높은
산을 두리번거리며 물었다.

　아직 오십 리 위쪽, 척산 아래에서는 사량지와 그의 대군이
청화륜의 대군을 맞아 치열하게 싸우고 있을 것이다.

　돌아가서 그들과 합류해야 하는 게 아닌가? 하는 의문이
드는 건 당연했다.

　그러나 황보강의 생각은 그들과 달랐다.

　"우리는 이대로 명천사국을 통과하여 척라국을 지나 옛 청
오랑국의 땅으로 들어간다."

　"뭐라고?"

그 말에 석지란과 모용탈이 동시에 놀란 외침을 터뜨렸다.

황보강이 엄숙하게 말했다.

"우리의 목표는 대황국이다. 도성을 깨뜨리고 사량격발을 사로잡을 것이며, 암흑존자를 칠 것이다."

"우리만으로?"

다시 두 사람이 동시에 물었다.

그들로서는 고작 사만의 기병만을 이끌고 명천사국과 척라국을 지나 청오랑국으로 들어간다는 게 이해되지 않았던 것이다.

거기에서 그치지 않고 대황국을 정벌하겠다니 어이가 없을 뿐이다.

석지란이 심각한 얼굴이 되어 말했다.

"설마 잊고 있는 건 아니겠지? 명천사국을 통과하려면 수많은 성과 영지를 지나야 한다. 아직 사량지를 지지하는 자들이 곳곳에 있어. 게다가 그 위에는 청화륜 그 후레자식이 세운 신청오랑국이 있다. 그 위에는 또 율해왕 모아합의 소황국이 있지. 그런데 고작 이 사만 기로 그 세 나라를 뚫고 나가 대황국을 정벌하겠다고? 제정신이냐?"

청화륜은 척라국을 차지하고 그곳을 신청오랑국이라고 개명했다. 거기에는 아직 많은 수의 병사들이 남아 있을 것이다. 그걸 모를 리 없건만 황보강은 조금도 걱정하는 것 같지 않았다.

"명천사국은 왕이 이곳에 와 있고, 그의 정예한 병사들이 모두 청화륜에게 묶여 있다. 승리한다고 해도 많은 피해를 입겠지."

그의 말에 석지란이 무릎을 쳤다.

"맞아! 우리는 거의 피해를 입지 않았다. 청화륜의 주력과 정면으로 부딪쳐 싸우는 건 사량지였어!"

새벽녘의 싸움에서도 그랬다.

피해를 입은 건 태을천진과 그의 병사들이었다. 하지만 그는 좌우에서 협공해 싸움을 승리로 이끌 수 있도록 도와준 저와 모용탈에게 고마워하지 않았던가.

결국 승리를 가져간 건 사량지였지만 피해를 입은 것도 그였던 것이다.

그리고 황보강은 자신의 전력을 고스란히 빼내 삼산평으로 돌려보냈다. 한껏 생색을 냈으니 사량지는 태을천진과 마찬가지로 황보강에게 고마워할 것이다.

"교활한 친구로군."

석지란이 껄껄 웃었다.

마주 미소 지은 황보강이 다시 말했다.

"이제 알았겠지? 남아 있는 명천사국의 영지와 성은 우리의 상대가 되지 않는다. 신청오랑국 또한 마찬가지야."

황보강의·말은 일리가 있었다. 두 나라의 주력은 모두 이곳에 와 있지 않은가.

많은 영지와 성이 있지만 여기저기 흩어져 있으니 이쪽으로서는 각개격파를 해 나가면 된다. 독립된 영지나 성에 삼산평의 정예 기병 사만을 상대할 전력이 있을 리 없다.

"문제는 모아합의 소황국이지."

묵묵히 그들의 말을 듣고 있던 모용탈이 심각하게 말했다. 석지란도 고개를 끄덕인다.

그들은 모아합이 얼마나 뛰어난 무장인지, 그가 거느리고 있는 이십만의 철기들이 얼마나 용맹한 자들인지 누구보다 잘 알고 있는 것이다.

그의 철기군단 적운기(赤雲旗)는 사막과 초원에서 죽음의 군단으로 알려져 있었다.

그들 앞에서 석지란도 모용탈도 처참하게 패하여 나라를 잃고 포로가 된 경험이 있지 않은가.

그때부터 사막과 초원의 질풍신으로 불리는 자들.

모아합은 그 적운기 이십만을 고스란히 지닌 채 소황국에 도사리고 있었다.

누구든 대황국을 치기 위해서는 그들을 먼저 무찌르지 않을 수 없다. 그러므로 모아합이야말로 대황국을 지키는 수호신이었던 것이다.

"그와 담판을 짓겠다."

황보강이 결연하게 말했다.

"담판이라니? 무엇으로? 어떻게?"

"그때 가보면 알게 될 것이다."

황보강은 더 말하려 하지 않았다.

담판을 지어 원하는 걸 얻기 위해서는 상대에게 그만한 대가로 줄 무엇인가가 있어야 한다.

그러나 이쪽은 모아합에게 줄 아무것도 가지고 있지 않다.

석지란과 모용탈은 아무리 생각해 보아도 대체 황보강이 무엇으로 모아합을 설득할 것인지 알 수 없었다.

*   *   *

"교활한 놈."

사량지가 쓴 입맛을 다셨다.

이십만의 대군을 쏟아부어 간신히 청화륜을 물리치고 난벌판에는 주검이 가득했다. 끝이 보이지 않는다.

그는 십만의 병사를 잃었다. 그 생각만 하면 분해서 절로 이가 갈렸다.

청화륜을 돕는 악몽이라는 것들만 없었더라면 그렇게 많은 희생 없이도 충분히 승리할 수 있었기 때문이다.

척산 아래에서 청화륜의 대군을 짓밟아 쑥대밭으로 만들어 버렸다. 그 기세를 몰아 한 놈도 남김없이 무찔러 버릴 수 있을 것 같았다.

그러나 그때 삼만 기의 검은 악몽들이 악귀, 야차처럼 달려들었고, 사량지의 기병과 보군들은 그놈들의 먹잇감이 되고 말았다.

십만의 전사자 대부분이 그놈들과의 싸움에서 나온 것이니 지금 생각해도 그 끔찍하고 처절한 광경에 몸서리가 쳐진다.

'광기'라는 놈이 이끄는 검은 악몽의 기마군단이 얼마나 무시무시한지 다시 한 번 경험한 사량지는 오금이 저릴 정도로 놀랐다. 결코 그들을 잊을 수 없다.

그놈들은 한차례 공격을 퍼붓고 안개가 흩어지듯이 홀연히 전장을 떠났다. 그러지 않았더라면 패자는 자신이 되었을 것이다.

거기까지 생각한 사량지가 다시 부르르 몸서리를 쳤다.

다시는 그 끔찍한 괴물들을 만나고 싶지 않았다.

겨우 남은 병사들을 추스르고 독려하면서 싸워 승리를 얻었으나 피해가 심각했다. 원래의 전력을 회복하려면 적어도 삼사 년은 걸리리라.

허탈한 웃음을 흘린 사량지가 불쑥 물었다.

"그놈은?"

황보강을 말하는 것이다.

태을천진이 어눌하게 대답했다.

"석지란과 모용탈이 사만 기병을 이끌고 떠났으니 지금쯤 어디에서인가 그와 만나고 있겠지요."

제 전력을 고스란히 빼서 이탈한 건 물론 아국충 또한 한차 례의 싸움을 끝으로 결과도 보지 않고 그냥 삼산평으로 돌아 가 버렸다. 그의 보기 육만 대군 또한 거의 피해를 입지 않았 던 것이다.

겨우 승리했지만 실리를 챙긴 건 황보강이라는 생각에 사 랑지는 입맛이 쓰기만 했다.

앞으로 세상 사람들은 길사하변의 이 대회전을 두고 황보 강의 전략이 거둔 승리라고 찬양할 것 아닌가.

그 생각을 하면 부아가 치솟다가도 황보강의 속셈을 생각 하면 궁금해지기도 했다.

"대체 그놈은 무얼 하려는 걸까?"

삼산평으로 돌아가지도 않고 복귀하지도 않았으니 그 속 을 알 수 없다.

한낮의 푸른 하늘을 노려보며 이를 가는 자가 또 있었다. 청화륜이다.

"교활한 놈."

그 역시 황보강을 그렇게 불렀다.

결국 이 싸움의 승자는 자신도 사량지도 아닌 황보강이라는 걸 이제야 깨달은 것이다.

저와 사량지는 모두 피해자에 불과했다.

더욱 치가 떨리는 건 사십만의 대군 중 아직 살아서 자신을 따르고 있는 자가 고작 칠만여 명에 불과하다는 기막힌 사실이었다.

모두 죽거나 뿔뿔이 흩어져 달아났다.

대패도 이런 대패가 없었다.

사십만의 대군을 이끌고 명천사국으로 쳐내려 왔을 때는 곧 천하를 손에 넣을 수 있을 것 같았다.

사량지의 목을 베고 삼산평을 짓밟아 황무지로 만들어 버리는 게 제 주머니 속의 물건을 취하는 것처럼 쉬우리라고 믿어 의심치 않았다.

그러나 지난밤부터 이 아침 사이의 대회전에서 참담한 패배를 당하고 말았으니 원통하기 짝이 없다.

"이대로는 대운성으로 돌아갈 수 없다."

거기에 자신의 왕궁이 있고 대신과 병사들이 있고 백성이 있다.

청화륜은 지금의 이 초라한 꼴로는 그곳으로 돌아갈 면목이 없었다. 돌아갈 자신도 없다.

명천사국을 통과하는 동안 수많은 적들이 먹이를 노리는 개떼들처럼 달려들 텐데 패잔병에 불과한 지금의 칠만 병사들만으로 그것을 어찌 다 감당할 수 있을 것인가.

고립무원.

그게 지금의 제 처지라는 생각에 참담해졌다.

부드득—

청화륜이 이를 갈았다.

'광기'와 그의 검은 기마군단이 보이지 않는다는 데에 노여움이 인다. 그놈들이 결정적인 순간에 자신을 배반할 줄이야.

청화륜은 위기의 순간에 '광기'가 검은 악몽들을 이끌고 측면에서 들이쳐 전장을 장악하자 쾌재를 불렀었다.

사량지가 아무리 많은 병사들을 거느리고 있다고 해도 모조리 죽여 버릴 수 있다고 믿었다.

그러나 '광기'는 청화륜을 위기에서 구해주고 그대로 전장을 통과해 사라져 버렸다.

기습에 놀라 기울어졌던 군세가 겨우 균형을 찾았으나 결국 형편없이 짓밟히고 말았다.

청화륜은 그동안 자신이 '광기'와 검은군단에게 얼마나 의지하고 있었는지 절감했다. 그들이 있었기에 연전연승하며 여기까지 내려올 수 있었던 것이다.

그런데 믿었던 그들이 아무 말도 없이 떠나 버렸고, 그 결과는 이처럼 참담한 패배였다.

비참한 기분이 된다.

2. 황보강이 가는 길

질풍의 기세라는 말이 무색할 지경이었다.

황보강이 이끄는 그의 기마군단 사만이 달려가는 기세가 그와 같았다.

황보강은 해가 저물기 전에 병력을 삼 개 부대로 나누었다. 그들을 자신과 석지란, 모용탈이 이끌고 길사하변을 벗어나 내륙으로 진군하기 시작했다.

석지란이 일만의 기병으로 선봉이 되어 앞섰고, 그 뒤를 황보강이 이만의 기병을 이끌고 본진이 되어 따랐으며, 모용탈이 나머지 일만의 기병으로 후미를 이루었다.

황보강은 사만의 기병들을 움직이는 데 치중(輜重)을 운용하지 않았다.

보통 그만한 대군이 이동하려면 물자와 군량 등을 실은 수백 대의 수레가 따라야 했다.

그것을 운반하는 수천 명의 병사와 노역자가 있어야 하고, 또 그들을 보호하는 기병과 보병도 따로 운용해야 한다. 자연히 속도가 늦어지고, 전력이 분산될 수밖에 없다.

그렇다고 해서 치중을 포기할 수도 없다.

군량과 물자가 없으면 수많은 병사들이 어찌 성을 나와 멀리 갈 수 있을 것인가.

그런데 황보강의 기마군단은 아무리 봐도 그런 치중을 운용하고 있지 않았다. 전장에 막 뛰어든 것처럼 개인 무장만을 갖춘 채 말 위에 올라 전력으로 질주했던 것이다.

한 시진을 그렇게 달리고 나서 잠시 쉬고는 다시 한 시진 동안 달려갔다.

식사 때가 되면 말 위에서 밥을 먹었고, 졸음이 오면 역시 말 위에서 끄덕끄덕 졸면서 쉬지 않고 달려가는 것이다.

처음 황보강이 병사들 모두에게 사흘 치의 식량과 물만을 휴대하고 나머지는 모두 버리라고 했을 때 다들 영문을 몰라 어리둥절했다. 그건 짧은 거리의 전장을 오갈 때에나 지니는 군량이기 때문이다.

제일 먼저 소리친 건 석지란이었다.

"미쳤어? 그래 가지고 어떻게 대황국을 치러 간단 말이냐? 명천사국의 중간도 가지 못해 다들 굶어 죽고 말 것이다!"

장수와 부장들 모두 그의 말에 동의했지만 황보강은 완강했다.

"먼 길을 가려면 사람과 말 모두 가벼워야 한다. 버리라면 버려!"

모두는 강력한 그의 명령에 툴툴거리면서도 따를 수밖에 없었다. 그리고 이렇게 경주라도 하듯이 앞만 보고 달려가기 시작했던 것이다.

말도 사람도 가벼워진 덕에 해가 질 무렵에는 거의 삼백여 리를 주파했다. 급보를 전하는 파발마들도 할 수 없는 일을 무장한 기병들이 해낸 것이다.

말도 사람도 곤죽이 되었다고 해야 할 만큼 지친 건 당연한 일이다.

말들이 입에 거품을 문 채 헐떡거렸다. 곧 쓰러져 죽을 것 같았다. 아무리 건장하고 잘 훈련된 전마(戰馬)들이라고 해도 그와 같은 강행군이 계속된다면 더 이상 견디지 못할 것이다.

그건 사람도 마찬가지였다.

혹독한 훈련과 전투 경험으로 강철처럼 단련된 용사들이었지만 이와 같은 강행군에는 체력의 한계를 느끼지 않을 수 없었다.

해가 지고, 황보강이 비로소 진군을 멈추게 하자 너나없이 말에서 구르듯 내려와 땅 위에 널브러져 버렸다.

경계 병력을 제외하고는 모두 갑주를 벗어도 좋다는 명령이 하달되고 나서야 병사들은 비로소 숨을 돌렸다.

이내 야영 준비로 벌판이 소란스러워졌다.

여기저기 불을 피우고, 지니고 있던 건량을 물에 불려 씹는 것으로 저녁 식사를 마쳤다. 그리고 나서 야영 준비를 했는데, 기껏 주위의 마른풀을 긁어와 맨땅에 깔고 그 위에 갑주와 전포를 펼쳐 놓는 게 다였다.

그건 황보강과 장수들이라고 해도 다를 게 없었다.

전장에 나온 이상 병사들과 똑같이 자고 먹고 생활한다는 황보강의 뜻대로 장수들 모두 풍찬노숙을 하게 되었던 것이다.

불편하고 험한 잠자리였지만 지친 병사들은 이내 코를 골았다.

"설마 이런 식으로 대황국까지 가려는 건 아니겠지?"

곁에 다가와 누운 풍옥빈이 걱정스럽게 물었다.

황보강은 무심한 얼굴이었다.

팔베개를 한 채 하늘 가득 점을 찍어놓은 것처럼 펼쳐져 있는 별무리를 보며 말했다.

"빠르면 빠를수록 좋습니다. 승리의 비결은 다른 데 있는 게 아니지요."

"빠를수록이라……."

"상대가 예측하기 전에 먼저 움직이고, 검을 뽑기 전에 먼저 찌른다면 백전백승할 수 있을 것 아니겠습니까?"

한때 천하제일의 쾌검을 자랑했고, 지금도 쾌검에 관한 한 궁극의 도를 이루었다고 자부하는 풍옥빈이다.

황보강의 말에 고개를 끄덕인다.

"그렇지. 세상에서 가장 빠른 검이라면 가장 강력하고 무서운 검이라고 할 수 있지."

"나는 이 병사들을 바로 그렇게 쓸 생각입니다."

"그래도 이건 좀……."

망설이던 풍옥빈이 잔뜩 눈살을 찌푸리고 말했다.

"말과 사람이 모두 얼마 가지 못할 것이다. 말이 지치고 사람이 병든 다음에는 적과 싸우기도 전에 먼저 지리멸렬해 버리고 말지 않겠는가?"

"대황국에 이르기까지 우리 앞에는 적이 없습니다. 그러니 하루라도 더 빨리 이동하는 게 그만큼 많은 승리의 기회를 가져다줄 것입니다."

황보강의 말은 확신에 차 있었다. 풍옥빈이 의아하게 그를 바라보았다.

"적이 없다니? 우리는 지금 적진 한복판에 와 있고, 앞으로도 계속 그럴 것 아닌가?"

명천사국을 지나는 일은 물론 신청오랑국의 경내에 들어서면 온통 적에게 에워싸인 꼴이라고 해도 과언이 아닐 것이다.

황보강이 그걸 모를 리 없을 텐데 이처럼 태연하니 더욱 알 수 없다.

그러나 황보강은 제 속을 더 이상 말하려 하지 않았다.

더 말해줘도 병략에 대해서 밝지 못한 풍옥빈은 이해하지 못할 테니 소용없다고 여기는 것인지도 모른다.

다음날 그들은 아침 일찍 서둘러 질주를 계속했다.

사람도 말도 지난밤 동안 푹 쉬었으므로 원기가 다시 왕성해져 있었다.

일백 리를 질풍처럼 나아가자 산을 등지고 우뚝 서 있는 성이 나타났다.

모해성의 영역에서 벗어나 명천사국의 중심부에 더 가까이 자리하고 있는 낙운성(落雲城)이었다.

사방 삼백 리의 영지를 가지고 있는 대공 낙망평(落望坪)의 주성(主城)이다.

성 앞 오 리 지점에서 진군을 멈춘 황보강은 사자를 보냈다.

―싸움은 필요없다. 우리는 성을 통과하고 영지를 지나려는 것뿐이다. 물과 식량을 내준다면 벌레 한 마리 밟아 죽이지 않고 안개처럼 소리없이 지나가겠지만, 그렇지 않다면 싸움이 있을 뿐이다. 삶이냐, 죽음이냐, 선택은 그대의 몫이다.

황보강의 통첩은 당당함이 지나쳐 오만하기 짝이 없는 것
이었다.

그것을 받아 든 대공 낙망평의 손이 부들부들 떨렸다.

"불가!"

그가 서찰을 내던지며 버럭 소리쳤다.

"저놈의 목을 쳐서 성 밖으로 던져 주어라!"

대공의 분노한 일갈에 애꿎은 사자의 목이 그 자리에서 잘
리고 말았다.

"짓밟는다. 반항하는 자는 모조리 죽이고 지나간다!"

그것을 안 황보강이 대로하여 소리쳤다.

그 즉시 사만의 기병이 성을 에워쌌고, 아직 준비가 덜된
성병들과 전투가 벌어졌다.

기병들이 삼면에서 성문을 들이치기 시작했다.

두께가 두 뼘이나 되는 단단한 성문을 깨기 위해서는 충
차(衝車)가 동원되어야 한다. 그러나 쾌속질주를 위해 모든
걸 버린 황보강의 대군에 그런 중장비가 있을 리 없다.

대신 택한 건 화약이었다.

성을 에워싸고 있는 기병들이 일제히 활을 쏘아댔다. 성병
들은 머리를 들 수조차 없었고, 그 틈에 성문으로 질주해 간
장약수(裝藥手)들이 흑질뢰(黑疾雷)라고 불리는 검은 폭약 다

섯 덩어리를 성문 아래에 설치하고 불을 붙였다.

천지에 진동하는 엄청난 굉음과 함께 성문이 박살 나 사라
져 버리고 검은 연기가 사방을 뒤덮었다.

북문을 제외한 동, 서, 남 삼면의 성문이 깨지는 게 그처럼
맥없을 수가 없다.

사방을 짙은 어둠으로 뒤덮은 화약 연기와 불길을 뚫고 함
성과 함께 기병들이 난입해 들어가기 시작했다.

이만의 성병이 주둔하고 있는 대성이었지만 야수들처럼 들
이닥치는 황보강의 기마군단 앞에서는 모래성이기만 했다.

더구나 이쪽은 사만이 아닌가. 그 기세와 머릿수에서 적을
압도하니 싸움다운 싸움이 있을 수 없다.

설마 황보강이 이처럼 코앞에 밀려와 있을 줄 까맣게 모르
고 있던 성병들은 이것이 꿈인지 생시인지 분간할 수 없었다.

그건 성주인 낙망평이라고 다르지 않았다. 이렇게 쉽게 성
이 깨질 줄 몰랐던 그는 넋이 나가 버렸다.

황보강의 통첩을 받았을 때는 제까짓 게 이 단단한 성을 어
쩌겠는가 싶어서 코웃음 쳤으나 참화가 눈앞에 닥치자 정신
이 아뜩해진다.

황보강은 자비를 잊은 사람 같았다. 비정하고 야속하기가
냉혈한이라는 말로도 부족할 것이다.

성을 장악한 즉시 그는 낙망평 휘하의 장수 열두 명과 수십

명의 부장들을 끌어내 모조리 참수해 버렸다.

다음에는 낙망평의 식솔들이었다.

처자식과 부모 형제는 물론, 가신이며 종복들까지 모두 끌어내자 이백여 명이나 되었는데, 그들 또한 한 점의 연민도 없이 낙망평의 눈앞에서 모조리 참해 버린 것이다.

여자와 늙은이라고 봐주지 않았고, 어린아이라고 해도 예외가 없었다.

보는 사람들조차 모두 눈살을 찌푸렸을 만큼 잔인한 짓이었다.

낙망평은 땅을 치며 자신의 만용을 후회했지만 소용없었다. 이를 박박 갈며 무자비한 황보강을 증오하고 저주해 보지만 그것도 아무 소용이 없다.

마지막으로 낙망평의 목이 떨어져 성루에 걸렸다.

성병들은 모두 엎드려 항복했다. 감히 황보강의 기병들을 마주 보는 자조차 없었다.

"지나친 일이었다."

풍옥빈이 힐난하듯 말했지만 황보강의 차가운 낯빛은 조금도 누그러들지 않았다.

"이렇게 해야만 하는 일이었습니다."

"여자와 아이들까지도 모두 죽여야 했단 말이냐?"

"풍 형의 말이 무슨 뜻인지 잘 압니다. 하지만 내게는 그들 이백여 명보다 나를 따르고 있는 사만 명의 목숨이 더 크고 중요합니다."

"무슨 말이냐? 그들은 승리하여 당당히 성을 차지했는데 왜 죽어?"

"이것이 첫 번째 관문이었습니다. 여기에서 유약한 모습을 보여준다면 앞에 도사리고 있는 수많은 관문들을 넘기가 힘들 것입니다. 그들과 힘겹게 싸우느라 사만의 병사들은 조금씩 수가 줄어들다가 결국 모아합의 영토를 통과하지도 못하고 모두 죽어버리고 말 테지요."

풍옥빈으로서는 이해가 될 듯 말 듯한 말이었다.

"모진 마음을 먹고 있다는 걸 세상에 보여주어야만 앞으로의 길이 순탄해질 것이기에 그렇게 했습니다. 사만 명이냐 이백 명이냐를 두고 선택하라면 나는 백 번 천 번 사만 명을 선택할 것입니다. 그것을 위해 이천 명의 희생이 필요하다면 기꺼이 그렇게 해야지요."

황보강의 뜻은 굳었다.

풍옥빈이 탄식했다.

"그 업을 어떻게 감당하려고 그러느냐?"

"전쟁에 나선 이상 살인의 업을 피할 수는 없는 것 아니겠습니까? 내게 닥치는 업이라면 내가 감당하겠습니다."

비정함은 같을지라도 그것이 탐욕을 위한 것이냐, 대의를 위한 것이냐 하는 데에서는 다를 것이다.

풍옥빈은 황보강이 결코 탐욕을 위하여 그럴 리가 없다고 믿는 걸로 스스로 위로할 수밖에 없었다.

3. 질풍군단(疾風軍團)

아침나절에 낙운성을 공격하여 함락하고 수습하는 데 한나절밖에는 걸리지 않았다. 그야말로 번갯불에 콩 볶아 먹는다는 말이 어울릴 만큼 신속하고 과감한 행사였다.

황보강은 모든 걸 속히 처리하길 원했다. 시간에 쫓기는 사람 같다.

백성들에게 금은보화와 양식이 가득 들어 있는 창고의 문을 활짝 열어준 다음 즉시 성을 버리고 떠났는데, 그가 가져간 것은 지친 군마를 대신할 오천 필의 건장한 말과 병사들이 사흘 동안 먹을 식량이 전부였다. 그 많은 금은보화에는 손도 대지 않았던 것이다.

병사들은 그런 황보강에 대하여 아무런 불평도 하지 않았다. 아니, 그들에게는 불평할 마음의 여유와 시간도 허락되지 않았다.

곧장 북으로 치달아 그날 밤을 산기슭에서 야영하고 다음날 다시 성 하나를 마주했다.

진번현(鎭番縣)이었다. 낙운성에서 이백 리 떨어진 곳이다.

해뜰 무렵 황보강의 기마군단은 진번현의 높은 성을 마주하고 진군을 멈추었다.

잠시 후 성문이 활짝 열리더니 성주가 관리와 병사들을 이끌고 나오는 게 보였다. 철기 이천과 보군 삼천 명의 엄중한 호위를 받고 있다.

황보강이 낯을 찌푸렸다. 귀찮은 일이 닥치겠구나, 하고 생각하는데 창끝에 백기를 매단 기병이 말을 달려 다가왔다.

"싸우려는 게 아닙니다. 성주께서는 황보 장군을 맞이하기 위해 몸소 나오신 것입니다."

사자로 온 기병의 말을 들은 황보강의 얼굴에 비로소 미소가 번졌다.

성주 이극문(李極文)은 이미 낙운성의 참화 소식을 들어 알고 있었다. 자신의 현성은 낙운성에 비교할 수 없이 작은 곳이니 황보강의 기마군단을 당할 수 없다고 생각한 그는 벌써 항복을 준비하고 있었던 것이다.

황보강이 무릎을 꿇은 성주를 부축해 일으켰다.

"나는 결코 정복하기 위해 병사를 이끌고 온 게 아니오. 다만 이 땅을 통과하고자 할 뿐인데 다들 오해하고 있으니 그게 안타깝구려."

"정말 그러시다면 얼마든지 성문을 열고 길을 비워 드리겠습니다."

"작은 도움을 청해도 되려는지?"

"말씀하십시오. 황보 장군께서 마음만 먹는다면 저의 작은 성이야 그 즉시 장군의 것이 될 것입니다. 그럼에도 불구하고 도움을 원한다고 하시는데 제가 어찌 들어드리지 않을 수 있겠습니까?"

"고맙소."

치하한 황보강이 거두절미하고 대뜸 말했다.

"삼산평에서부터 나를 따르느라 건장하던 전마들도 지쳤다오. 그것을 바꾸어줄 새 말이 몇 필이나 있소?"

"작은 성이라 병사도 많지 않습니다. 전마는 칠천 필 가이 있습니다. 그중에서 건장한 말을 골라낸다면 사천여 필은 될 것입니다."

"됐소. 그것을 나에게 주시오. 물론 강탈해 가는 무례한 짓은 하지 않으리다. 내 진중에 있는 지친 말 사천 필과 바꾸어주기를 바랄 뿐이오."

"그게 다입니까?"

이극문이 의아하여 황보강을 바라보았다. 그로서는 그냥 달라고 해도 두말하지 못할 처지인데 바꾸어가겠다니 믿기 어려웠던 것이다.

지친 말 사천 필이야 두어 달 잘 먹이고 푹 쉬게 하면 다시 건장해질 것 아닌가. 그러니 저에게는 아무 손해도 없다.

"없소."

황보강이 결연하게 하는 대답을 듣고서야 이극문의 얼굴 가득 환한 웃음이 퍼졌다.

"뜻대로 하소서."

이극문은 그 즉시 자신의 병사들을 재촉해 성안에 있는 건장한 전마 사천 필을 끌어왔다.

황보강은 자신의 전마들 중 많이 지친 사천 필과 그것을 바꾸었다. 그리고 더 지체하지 않고 성을 통과해 나아갔다.

활짝 열린 남쪽 성문으로 들어가 대로를 거침없이 내닫는 그들의 당당한 위세를 구경하기 위해 성안의 사람들이 구름처럼 몰려나왔다.

황보강의 기마군단이 지나갈 때마다 박수와 함성으로 환영한다.

그들은 모두 황보강의 기마군단을 질풍군단이라고 불렀다.

황보강은 세상 사람들이 저를 뭐라고 하든 신경 쓰지 않았으나 질풍군단(疾風軍團)이라는 그 이름은 마음에 들었다.

그리고 그 이름에 걸맞게 그의 기마군단은 거침없이 세상을 달려 나아갔다.

그의 앞을 가로막는 자는 아무도 없었다.

청화륜은 신청오랑국으로 돌아가지 못했고, 번왕 사량지 또한 도성으로 개선하지 못한 채 한참 뒤에 떨어져 있으니 그렇다.

그러므로 명천사국은 황보강에게 있어서 무인지대나 마찬가지였다.

하지만 신청오랑국의 국경까지는 아직 이천여 리가 남아 있었다. 그 거리를 가는 동안 세 개의 대성과 일곱 개의 현성을 통과해야 한다. 앞에 열 개의 장애물이 놓여 있는 셈이다.

황보강은 그 모든 걸 극복하고 열흘 안에 신청오랑국의 국경을 넘어서길 원하고 있었다.

사만의 기마군단이 하루에 이백 리를 전진한다는 건 불가능에 가까운 일이었다. 앞에 닥치는 장애물들을 극복하면서 전진해야 하기 때문에 더욱 그렇다.

그 불가능한 일을 가능케 하기 위해서 황보강은 병사들을 더욱 독려하고 재촉했다.

그들은 질풍이 지나간 것처럼 산야와 성읍을 지나고 강을 건넜다.

그동안 병사들은 사흘 치 이상의 식량을 지녀본 적이 없었다. 지친 말을 바꾸기를 다섯 차례 했고, 한 차례 하루 종일 쉬어보았을 뿐이다.

다행이라면 그의 앞에 닥치는 모든 성들이 문을 활짝 열고 그들을 지나가게 했다는 것이었다.

원하는 사흘 치의 식량을 아낌없이 주었고, 원하는 수만큼 전마를 교환해 주었다.

그들이 그렇게 한 건 황보강이 그동안 보여준 일관된 행동 때문이었다.

그는 한 번도 무리한 요구를 하지 않았고, 통과하는 성읍의 백성과 관원, 병사들에게 조금의 해도 끼치지 않았다.

그 소식을 들은 모든 성주와 영주들은 황보강과 그의 질풍 군단에 대하여 두려움과 함께 안도감을 가졌다.

속히 그의 요구를 들어주는 것만이 살길이라는 걸 이제는 모르는 자가 없었다.

개중에는 가로막으려는 자도 있었는데, 그때마다 중신들이 낙운성의 참화를 들먹이며 반대했다.

또한 황보강을 통과하지 못하게 하라는 번왕 사량지의 명령을 받지 못했으니 후환을 염려하지 않아도 된다는 게 큰 위안이기도 했다.

그도 그럴 것이, 사량지가 소식을 듣고 각처로 전령들을 보냈지만 그들이 아무리 빨리 달려도 황보강을 앞지를 수 없었던 것이다.

매번 질풍군단이 통과하고 나서야 전령이 당도하곤 했다.

황보강의 판단이 옳았다는 게 증명될수록 그에 대한 장수와 병사들의 믿음이 높아졌다. 절대적인 신뢰는 곧 사기로 이어졌고, 확고부동한 복종심을 그들 내면에서부터 불러일으켰다.

쉴 새 없이 질주해 가는 동안 피로가 쌓일 만도 하건만 그들의 사기가 오히려 날이 갈수록 높아지는 데에는 그런 이유가 있었다.

명천사국의 북쪽 마지막 현성인 태관성(太關城) 또한 앞서의 성들과 다르지 않았다.

태관성은 신청오랑국과 국경을 맞대고 있는 곳이라 삼만의 보군과 일만 칠천의 기병이 상주하고 있었다.

용맹하다고 이름난 장수만도 다섯 명이고 일백여 명의 막하 부장들 또한 여러 차례의 전투로 단련된 경험이 풍부한 자들이다.

그들이 통과를 불허한다면 어쩔 수 없이 한바탕 격전을 치러야 하는데, 황보강은 그것을 걱정하지 않을 수 없었다.

승리를 의심하지는 않았지만 지쳐 있는 이쪽의 병사들 또한 피해를 입게 될 것이기 때문이다.

황보강은 힘들여 훈련시키고 전투를 통해 단련시킨 자신의 병사들을 한 명도 잃고 싶지 않았다.

태관성과의 싸움이 의미없는 것이기에 더욱 그렇다.

태관성주 나율천(羅律天) 또한 황보강과의 싸움을 원치 않고 있었다.

황보강이 정말 명천사국을 통과하려 할 뿐, 이곳을 정벌하려는 게 아님을 알 수 있었기 때문이다.

그가 통과한 성들마다 아무런 피해도 입지 않았다는 사실에 나율천은 더욱 싸우고 싶은 마음이 없었다.

이길 자신도 없으려니와, 굳이 그들을 가로막아서 화를 끌어들일 필요가 없지 않은가.

나율천이 그런 자신의 뜻을 사자를 통해 전하자 황보강이 그에게 말했다.

"병사들을 배불리 먹일 술과 고기가 필요하오. 내가 줄 대가는 없소."

그 말을 가지고 갔던 사자가 나율천의 응답을 가지고 다시 돌아왔다.

"대가는 황보 장군과 질풍군단이 우리에게 아무 해도 끼치지 않고 지나가 주는 것만으로 충분하오."

황보강이 맹약을 하자 성문이 즉시 활짝 열렸다.

황보강이 말 위에서 나율천에게 인사했다.

말에서 내리지 않은 건 태관성 내의 땅을 결코 밟지 않겠노라고 한 약속을 지키기 위해서였다.

그리고 그들은 바람이 지나가듯 태관성의 대로를 지나가 북쪽 성문으로 나왔다. 짐승 한 마리 다치게 하지 않았으니 약속을 완벽하게 지킨 셈이다.

그리고 다시 하루 동안 북쪽을 향해 전력으로 질주하여 다음날 새벽 무렵에 드디어 신청오랑국의 국경을 눈앞에 둔 곳에 도착했다.

아무 생각도 할 새가 없이 오직 정신없이 달려온 지난 열흘 동안의 여정이 끝난 것이다.

황보강과 그의 질풍군단은 눈앞에 하얗게 흐르는 횡도하(橫道河)를 두고 진군을 멈추었다.

저 넓은 강 건너가 지금은 신청오랑국이 된 옛 척라국(尺羅國)의 땅이다. 그리고 그 너머에 소황국이 된 청오랑국이 있다.

횡도하를 마주하고 서서 황보강은 도유강을 떠올렸다.

거기 가득하던 도화림과 분홍색 꽃잎의 구름 속에 앉아 있던 아버지를 기억한다.

거문고 소리와 장한가 한 자락이 들려오는 것 같았다.

아버지는 늘 그 노래를 불렀다. 그러나 이제는 다시 부르지 않을 것이다.

황보강은 길사하변의 대승으로 아버지의 한을 풀어드렸다고 생각했다. 그러므로 자신 또한 더 이상은 장한가를 부르지 않을 작정이었다.

다음날 저물 무렵에 성주 나율천이 약속한 술과 고기를 보내왔다.

오백 마리의 살찐 돼지와 소, 일천 마리의 양 떼를 산 채로 몰아왔으니 어지간히 날짜 맞추기가 급했던 것이다.

술이 가득 실려 있는 마흔 대의 수레가 도착하자 병사들이 하늘이 떠나갈 듯 함성을 지르며 기뻐했다.

각 병영에 술과 짐승을 고르게 분배한 황보강은 그것을 잡아 마음껏 먹고 마시게 했다.

열흘의 고된 행군 뒤에 맞은 이틀간의 휴식은 병사들의 피로를 싹 씻어주었고, 사기를 더욱 왕성하게 했다.

4. 세상의 끝에 선 사람

갈 곳이 없다.

그런 비참함을 처음 맛본 건 아버지 신성대제의 죽음으로 얻은 자유 앞에서였다.

황제 사량격발의 포로가 되어 겪었던 그 치욕과 수치의 껍질을 벗어버리고 풀려났지만 푸른 하늘과 햇빛 아래에서 그는 더욱 비참해진 자기 자신을 보았을 뿐이었다.

기쁨은 없었다. 자유를 되찾은 자의 희망도 없었다.

갈 곳이 없다는 것.

이 넓은 천하에 자신이 발 디딜 땅 한 뼘 없다는 것이 청화류에게는 참을 수 없는 절망이었다.

그것을 겨우 극복하고 오늘에 이르렀다.

잃어버렸던 내 나라, 내 백성을 되찾을 수 있다는 가능성을 보았을 때 그는 비참했던 자신의 과거를 함께 보았고, 그래서 더욱 의욕과 투지에 불타올랐다.

그러나 지금은 그 유일했던 희망 또한 물거품처럼 사라져 버리고 다시 처음의 비참함으로 돌아와 있었다.

두 번째로 맞는 참담한 심정은 청화류을 빠르게 광기 속으로 밀어 넣었다.

"죽일 놈."

그가 핏발 선 눈을 부릅뜨고 이를 부드득 갈았다.

이 모든 게 황보강 그놈 때문이라는 생각을 지울 수가 없었다. 그놈 때문에 처음 비참함을 맛보았고, 지금도 이렇게 그것을 눈앞에 두고 있다.

제 운명이 황보강 때문에 처음부터 어긋나고 잘못되었다고 생각하자 다시 이가 갈린다.

"그놈이 북쪽으로 갔다고?"

신경질적으로 묻자 뒤에 섰던 장수가 대답했다.

"그렇습니다. 굉장한 진군 속도였다고 합니다. 세상에서는 그의 기마군단을 질풍군단이라고 부른답니다."

"죽일 놈."

청화륜은 저 멀리 우뚝 솟아 있는 세 개의 산봉우리를 바라보고 있었다. 삼산평을 감추고 있는 풍령산과 운달산, 그리고 주산인 관조산이다.

그것을 마주하여 황량한 벌판에 진을 치고 있는 칠만의 병사들은 이제 그가 가지고 있는 유일한 힘이면서 의지처였다.

청화륜은 제가 세운 신청오랑국으로 돌아갈 수 없었다.

사량지가 부활했으니 이 병사들만으로 명천사국을 어찌 통과할 수 있을 것인가.

"저곳을 빼앗아 우리의 새로운 터전으로 삼는다. 고향은 잊어라."

청화륜이 뒤에 늘어서 있는 장수들에게 말했다.

"돌아갈 수 없다는 건 너희들도 잘 알 터. 우리는 앞으로 나아갈 수밖에 없다. 그리고 저곳이 우리가 갈 수 있는 마지막 땅이다. 너희들에게도 또 나에게도 더 나아갈 수 없는 이 세상의 끝인 거지."

장수들이 묵묵히 그의 말을 들었다.

"저곳을 빼앗으면 우리도 부활하겠지만 그렇지 못하면 모두 이 벌판에 뼈를 묻게 될 것이다. 우리에게는 선택의 여지가 없다."

"아직도 너는 선택할 수 있다."

"무엇을 말이오?"

"소원을 이루느냐 아니면 패자가 되어 멸망하느냐 하는 그 것이지."

"누가 그것을 주관한단 말이오?"

"바로 나."

"홍, 웃기는 소리."

청화륜이 크게 코웃음을 쳤다.

암흑존자는 노여워하지 않았다. 가엾다는 것 같기도 하고 비웃는 것 같기도 한 묘한 얼굴로 청화륜을 빤히 바라보고 있을 뿐이다.

은은한 달빛이 그들의 어깨 위에 적막하게 내려앉았다.

우거진 잡풀 속에 마주 서서 두 사람은 한동안 바라보기만 했다.

청화륜이 차갑게 말했다.

"왜 약속을 저버렸소? 내가 어찌 당신의 말을 믿을 수 있단 말이오?"

"너에게 가르쳐 주기 위해서였지."

"무엇을?"

"내가 없이는 아무것도 네 뜻대로 할 수 없다는 걸 말이다."

"홍, 그래서 나를 충동질해 전쟁으로 내몰고 결정적인 순간에 배신하여 이 지경으로 만들었소?"

"너를 더욱 완벽한 절망으로 만들기 위해서였다."

"완벽한 절망이라니?"

"너의 절망이 가장 커졌을 때야말로 내가 원하는 걸 이룰 수 있게 되는 때이지."

"개소리!"

청화륜이 칼자루를 잡았다.

"나는 한 번 배신한 자를 다시 믿지 않는다! 늙은이, 너는 사악하고 믿지 못할 자에 불과하다! 암흑존자라고? 그게 어떻단 말이냐? 나는 더 이상 너의 달콤한 말에 현혹되지 않을 것이다!"

암흑존자의 얼굴에 흡족해하는 미소가 번졌다. 청화륜의 말투가 황보강을 닮아가고 있었기 때문이다.

역시 이놈은 잘만 다듬으면 황보강을 대신하여 절망으로 만들 수 있다고 생각한다.

"꺼져 버려."

"꺼지라고? 내 제안을 받아들이지 않겠단 말이냐? 이번 한 번만 더 절망하면 너는 비로소 모든 걸 갖게 될 텐데?"

"꺼져 버려, 지금 당장. 그렇지 않으면 네 목을 쳐버리고 말 테다."

"흘흘. 좋아, 매우 좋구나."

"이제는 아무에게도 무엇에도 의지하지 않는다. 내 힘으로 해내겠어."

"흘흘, 그것도 좋아. 매우 좋다."

암흑존자는 청화륜의 변해가는 모습을 즐기고 있었다. 그가 더욱 굳은 의지를 갖게 되고, 그래서 더욱 절망하게 되기를 바라는 것이다.

그래서 준비해 둔 것도 있다.

"에잇!"

눈앞에서 비웃듯 웃고 있는 암흑존자에 대한 미움과 증오가 솟구친 청화륜이 참지 못하고 칼을 뽑아 후려쳤다.

암흑존자는 그의 사나운 칼을 피하지 못했다. 아니, 피할 생각이 없었던 것인지도 모른다.

그의 머리통이 정수리에서부터 쩍, 갈라져 두 쪽으로 쪼개졌다. 좌우로 벌어져 어깨 위에 매달린 채 덜렁거린다.

끔찍한 모습에 청화륜이 깜짝 놀라 눈살을 찌푸리고 물러섰다.

"흘흘, 좋아. 이것도 좋구나, 좋아."

두 개로 나뉜 입에서 웅얼거리는 소리가 기이하게 흘러나왔다.

귀신을 본 것 같은 두려움으로 청화륜이 새파랗게 질려 다시 주춤주춤 물러섰다.

"네가 나에게 이런 일을 했으니 나도 너에게 선물을 주지 않을 수 없지."

듣기 역겨운 음성으로 웅얼거리는 동안 암흑존자의 몸뚱이가 연기처럼 흩어지더니 말이 끝났을 때는 흔적도 없이 사라지고 공허한 어둠만 그 자리에 밀려왔다.

"아!"

청화륜이 깜짝 놀라 또 물러섰다. 제가 지금 지독한 꿈을 꾸고 있다고 생각하는데, 어둠 속에서 갑자기 함성과 말발굽 소리가 들려왔다.

두두두두—

황량한 벌판을 뒤흔드는 웅장한 말발굽 소리, 그리고 비명 소리들.

청화륜은 어리둥절하기만 했다. 대체 무슨 일이 지금 제게 벌어졌던 건지, 또 벌어지고 있는 건지…….

아직도 꿈속에 있는 것만 같은 그의 귀에 호위대장 악결태의 다급한 외침 소리가 들려왔다.

"적의 야습입니다! 속히 군진으로 돌아가셔야 합니다!"

"야습이라고?"

청화륜의 정신이 비로소 제자리를 찾았다.

이제는 함성과 비명 소리, 창칼 부딪는 소리들이 뚜렷하게 들려왔다.

어둠 속을 종횡으로 치닫고 있는 자들은 뒤에 두고 온 도운성의 기병들이었다. 번쩍이는 창을 휘두르고 있는 장수 번인삭을 알아본 청화륜이 발을 구르며 소리쳤다.

"당황하지 마라! 적은 몇 놈 되지 않는다! 진을 사수해라!"

머리 위에서 화살의 소나기가 쏟아지기 시작했다.

호위대가 방패를 들어 청화륜을 가려주었다. 쩽강거리는 요란한 소리가 한동안 귀 따갑게 들려왔다.

그때 다시 왼쪽 어둠 속에서 말발굽 소리와 함성이 들려오기 시작했다. 길산전성의 기병들이 좌측면으로 쳐들어온 것이다.

도운성의 강습병을 만나 우왕좌왕하다가 겨우 반격을 시작하게 된 청화륜의 병사들이 다시 혼란에 빠졌다. 군진 전체가 유린당하고 있는 게 눈에 보인다.

다시 우측에서 함성이 치솟았다. 일만여의 기병들이 어둠의 휘장을 찢고 뛰쳐나온 야차들처럼 가뜩이나 혼란에 빠진 청화륜의 군진을 엄습하기 시작했다. 광명성에서 나온 기병들이었다.

청화륜은 제가 암흑존자에게 홀려 군진을 떠나 이 벌판 가운데로 나온 걸 후회했다.

"돌아가자!"

"안 됩니다!"

악결태가 소리쳤지만 청화륜은 이미 아수라장이 된 군진을 향해 저만큼 달려가고 있었다.

호위대가 급히 뒤따르는데 뒤쪽에서 웅장한 말발굽 소리가 쫓아오기 시작했다.

돌아보니 저만큼 어둠 속에서 질주해 오고 있는 기병들이 보였다. 창칼이 달빛을 튕겨내며 번쩍이고 있는 것이 마치 하늘의 수많은 별들이 땅에 떨어진 것 같다.

아국충이 이끄는 삼산평의 정예 기병 삼만이 일시에 성을 나와 달려오는 것이다.

사면에 모두 적의 함성만 가득했다. 어디로도 달아날 길이 보이지 않는다.

"오늘 우리는 모두 이 벌판에서 죽겠구나."

악결태가 비장하게 말했다. 그를 따르고 있는 부하들 모두의 얼굴이 비통했다.

죽을 때 죽더라도 주군인 청화륜을 보호해야 한다는 사명감으로 악결태는 쏟아지는 화살비를 아랑곳하지 않았다.

이제 청화륜의 군진은 걷잡을 수 없이 무너졌다.

사면에서 들이쳐 온 적병들에 의해 사분오열되었고, 대항하는 병사들의 수가 빠르게 줄어들었다.

그 전장의 한복판에서 청화륜은 피눈물을 흘렸다.

호위대와 함께 창칼을 휘둘러 용맹하게 싸우지만 대세를

돌이킬 수 없게 되었다는 걸 뼈저리게 느낀다.

야습해 온 적병은 네 개 성의 정병 칠만이었다. 그들이 드넓은 황무지를 온통 뒤덮었다.

말달리는 소리가 하늘에 닿고, 비명과 함성이 온 벌판을 뒤덮었다.

사방을 둘러보아도 온통 적병일 뿐, 용감하게 싸우는 자신의 병사들을 찾아볼 수 없다.

청화륜이 절망으로 통곡할 때 시잇, 하는 날카로운 바람 소리가 귀를 찌르듯 들려왔다.

누가 쏜 것인지도 모르는 한 대의 강전이 날아들고 있었다. 청화륜은 피하려 하지 않았다.

퍽!

그것이 가슴을 꿰뚫는 충격에 비틀거리고 물러서는 그의 귓가로 누군가가 비통하게 부르는 소리가 아득히 먼 곳에서 들렸다.

뜨거운 것이 왈칵 솟구쳐 오른다. 눈물이면서 울혈이기도 했다.

"끝이야. 다 끝났어."

청화륜이 빠르게 멀어지는 의식을 느끼며 마지막으로 그렇게 중얼거렸다.

쿵—

그의 몸뚱이가 덧없이 핏물 질퍽거리는 황무지에 떨어져 누웠다.

아무도 돌아보지 않는다.

그때 죽어버린 그의 몸뚱이를 낚아채듯 안아 드는 자가 있었다. 어둠 속에서 어둠의 한 부분인 것처럼 불쑥 튀어나온 자. '광기'였다.

아직 온기가 남아 있는 청화륜의 몸을 빨래처럼 말 등에 걸친 '광기'가 흑마의 배를 찼다.

히히히힝, 하고 앞발로 허공을 차며 한차례 우렁차게 울부짖은 말이 쏜살같이 전장을 뚫고 달려갔다.

이내 피비린내 자욱한 벌판에서 사라져 버린다.

*　　　*　　　*

"흘흘흘, 결국 내 손에 떨어졌구나."

전장의 참혹한 비명 소리도 들리지 않는 적막한 어둠 속에 우뚝 서서 암흑존자가 음침한 웃음을 흘렸다.

잡풀이 파도처럼 출렁이는 텅 빈 황무지 저 멀리에서 달려오고 있는 검은 말과 그 위의 '광기'를 보고 있다.

第四章
운명 속의 사람들

1. 그들의 운명

"절망이 될 자를 손에 넣었다고?"

"그렇소이다."

"만족하느냐?"

"황보강 그놈과 비교할 수야 없지만 그럭저럭 쓸 만한 놈이오."

"그러나 너는 뜻을 이루지 못할 것이다."

"흥, 내가 하고자 해서 하지 못할 일이 있단 말이오?"

"운명을 거스를 수 있는 자는 아무도 없지."

"빌어먹을 운명이라니."

암흑존자가 혀를 차며 흘겨보았다.

나운선인은 고요하기만 했다. 별무리가 흐르는 밤하늘에 시선을 준 채 흔들리지 않는다.

그런 나운선인 앞에서 암흑존자는 자꾸만 주눅이 드는 걸 어쩔 수 없었다.

그건 빛과 어둠의 문제가 아니고, 음과 양의 문제가 아니며, 생명과 죽음의 문제가 아니었다.

도의 깊음과 넓음에 대한 자각에서 오는 초라함이다.

'천 년을 더 수양한다면 그때에는 선인을 초라하게 만들 수 있을까?'

암흑존자는 문득 그런 생각이 들었다.

아니, 그때는 나운선인의 도 또한 그만큼 크고 높아져 있을 테니 지금과 다르지 않을 것이다.

'빌어먹을.'

암흑존자가 쓴 입맛을 다셨다.

왜 어둠은 빛의 뒤에 있어야 하고, 죽음은 삶의 그늘에 있어야 하는 것인가.

음과 양이 무엇이 다르기에 세상은 양을 동경하고 음을 질시한단 말인가.

암흑존자는 그게 싫었다. 그래서 나의 도로써 음을 앞에 두고 죽음을 위에 두며 어둠을 고귀하게 만들기로 작정했다.

'세상은 이제부터 양지가 아닌 음지에 대하여 더 큰 존경과 애정을 가져야 한다.'

존자는 그것이야말로 도가 자신을 탄생시킨 이유라는 신념을 가지고 있었다. 하지만 이렇게 나운선인 앞에 서면 언제나 깨뜨릴 수 없는 커다란 벽을 느껴야 했다.

암흑존자는 '절망'을 완성시켜 손에 넣으면 단번에 세상을 어둠의 힘으로 장악하고 나운선인을 뛰어넘을 것이라고 믿었다.

그것만이 선인을 초라하게 만드는 유일한 길이라고 확신한다.

그렇게 할 자신도 있었다.

그러나 그가 얻은 절망은 불완전했다. 청화륜의 절망으로는 부족하다는 걸 암흑존자 자신이 누구보다 잘 알고 있었다.

암흑존자의 얼굴이 흉측하게 일그러졌다.

"이유가 뭐요?"

다가서며 따지듯 묻는다.

"내가 황제를 택하자 존자는 그의 곁에 다가왔고, 내가 황보강을 택하자 또 그놈에게 다가갔소이다. 그렇게 내 일을 방해하고 싶소? 음과 양은 공존하되 서로 간섭하지 않고 침범하지 않는다는 우리 사이의 약속을 잊었단 말이오?"

"그렇게 되도록 정해진 일을 내가 어찌 바꿀 수 있겠느냐?

그날, 황제 앞에서 뽑은 점괘를 너도 잘 알 텐데? 그것이 내가 내 의지로 뽑은 것이겠느냐?'

존자가 산에서 내려와 황궁에 들어온 후 처음으로 황제 사량격발 앞에서 그를 위해 점괘를 뽑았던 때를 암흑존자는 생생히 기억하고 있었다.

구월 보름밤, 만조백관이 모인 신전에서 치러진 점복 행사에서였다.

그 결과가 대흉(大凶)이었다.

존자는 황제에게 감히 '용은 승천하지 못할 것'이라고 했다. 승천하려는 순간 꼬리를 물리고 말 것이라고 하지 않았던가.

그 말을 들은 황제는 껄껄 웃었지만 암흑존자는 가슴이 철렁하고 내려앉았었다.

존자는 지금도 나운선인이 그때 그 말을 하지 않았더라면 황제는 용이 되고 자신은 그런 황제를 내세워 천하를 손에 넣었을 것이라고 믿고 있었다.

그러나 나운선인의 그 말 한마디 때문에 모든 게 엉망이 되어버렸다. 그렇게 믿는다.

도는 스스로 말하지 않으나 그 힘은 사람의 입을 통해 나오고 사람은 제 말로 세상에 도를 구현한다는 걸 알기 때문이다.

그 무엇보다 강력한 '말의 힘'이라는 것이다.

"너는 스스로 본연에서 멀어져 가고 있다."

"멀어져 가고 있다고?"

나운선인이 불쑥 한 말에 암흑존자가 눈을 크게 떴다. 선인의 얼굴에 안타까워하는 기색이 떠올랐다.

"욕심이 너를 그렇게 밀고 갔겠지. 하지만 지금이라도 늦지 않았다. 잘못 간 길을 돌아온다면 다시 본래의 자리에 설 수 있을 것이다."

"선인은 잊으셨소?"

암흑존가가 비웃었다.

"우리가 육체를 입고 세상에 나왔을 때부터 본연의 모습에서 멀어져 가고 있었다는 것을. 그러니 선인도 마찬가지요."

"네 말에도 일리가 있노라."

"홍, 나는 오래전부터 궁금했다오. 도대체 선인의 욕심은 무엇일까? 하고 말이오."

"……."

"나는 모든 걸 드러내는데 선인은 끝까지 감추고 있으니 음흉하기로 말하면 나보다 선인이 한참 위 아니겠소? 그러니 이제 서로의 자리가 뒤바뀐다고 해도 이상하지 않을 것이오. 아니, 그렇게 되어야 하겠지."

묵묵히 존자의 말을 듣고 있던 나운선인이 탄식했다.

"나의 욕심은 너를 본래의 자리로 이끌어가려는 것뿐이다. 그래서 이렇게 세상에 나온 것이지."

"정말 그것뿐이란 말이오?"

"조화가 깨지면 도는 사라지고 만다. 너는 설마 그렇게 되기를 바라는 건 아니겠지?"

"제기랄, 다시 음양 이전의 일원으로 돌아가면 어떻단 말이오? 아니, 그것마저 없었던 혼돈으로 돌아가도 좋아. 그래서 다시 시작된다면 그때는 내가 양이 되고 선인이 음이 될지도 모르지 않소?"

"어리석다."

"흘흘, 정말 그런지 아닌지는 끝까지 가봐야 아는 거지요."

암흑존자의 웃음이 한층 사악해졌다.

"흐흐, 그놈을 파멸시키고 말 작정이오. 완전히 말이야. 내가 가질 수 없으니 선인도 갖지 못하도록 해야 조화에 합당하지 않겠소?"

"너는…… 설마 정말 그렇게 하려는 건 아니겠지?"

"선인도 나도 어쩔 수 없는 지옥으로 떨어뜨려 버리겠소. 그런 다음에 손에 넣은 청화륜 그놈으로 절망의 자리를 채울 거야. 흐흐, 그러면 어쨌든 내 계획은 실행이 되겠지. 선인도 그때는 어쩔 수 없을 것이오. 청화륜의 성품은 황보강과 달라서 선인의 도가 들어갈 수 없을 테니까."

낄낄거린 암흑존자가 중얼거렸다.

"차라리 잘된 일인지도 몰라. 부족한 대신 그놈은 철저히 복종하게 되겠지. 지금 나에게 필요한 건 오히려 그런 놈이 아닐까?"

"황보강을 어떻게 할 셈이냐?"

"무정하로 불러내겠소."

"무정하라고?"

그 말에 나운선인이 크게 놀랐다. 당황한다. 그럴수록 암흑존자는 느긋해졌다.

"흐흐, 그곳은 누구의 힘도 미치지 못하는 유일한 곳이지. 선인과 나 사이에 놓여 있는 중간계이니 말이오. 그러니 공평한 싸움이 되지 않겠소? 어둠과 밝음, 죽음과 삶, 그리고 악과 선이 아무런 도움도 없이 스스로의 힘만으로 부딪치는 거야. 과연 무엇이 이길까? 궁금하지 않으시오?"

"그렇다면 그 싸움의 결과에 승복하겠느냐?"

"물론이오. 선인 또한 그렇게 하겠다고 약속해 주시오."

"그렇게 하지."

"흐흐, 그럼 이것으로 건곤일척의 싸움이 시작된 건가?"

*   *   *

다시 기력이 왕성해진 병사들을 재촉해 횡도하를 건넌 황보강은 그 즉시 벌판을 가로질러 달리기 시작했다.

신청오랑국의 첫 번째 성인 가문광치성(可門廣淄城)을 향해서였다.

그곳은 삼만의 기병과 이만의 보군이 주둔하는 대성이다. 그러나 청화륜이 국경을 넘을 때 그중 이만의 기병을 차출해 갔다고 하니 지금은 기병 일만에 보군 이만이 있을 뿐이다.

황보강은 그들이 길을 내주지 않겠다고 버티면 일전을 치를 각오였다. 그렇게 된다면 이번에도 끔찍하도록 잔인한 정복자가 되어야 할 것이다.

낮은 산을 끼고 돌아 나오자 드넓은 벌판이 이어졌다. 그리고 그 앞에 높은 성벽이 보였다.

벌판을 가로지른 곳에 무수한 깃발이 펄럭이고 있었다.

성문 앞에서 수많은 병사들이 기치창검을 세운 채 기다리고 있었던 것이다.

황보강이 손을 번쩍 치켜들었다.

"정지!"

즉시 각 부대에 군령이 하달되자 질주하던 사만 기병이 차례로 멈추어 섰다. 조금의 동요나 무질서를 찾아볼 수 없었다.

황보강의 좌장군과 우장군 역할을 충실히 하고 있는 석지란과 모용탈이 즉시 달려왔다.

"저놈들이 한바탕할 작정인 모양인데?"

석지란이 흥분으로 씩씩거리며 맴도는 말을 진정시키려고 애쓰며 소리쳤다.

모용탈이 칼을 뽑아 들었다.

"이번에는 내가 선봉을 맡겠다. 양보는 없어."

단호한 말에 석지란이 눈을 부릅떴지만 뭐라고 하지는 않았다.

적은 일만의 기병과 이만의 보병이 모두 출진한 것 같았다. 성문 앞에 몇 겹의 진을 치고 있는 모습이 질서 정연하고 엄숙하다.

황보강은 그들이 군기가 잘 서 있는 정예한 병사들이라는 걸 짐작했다. 군령이 하달되면 즉시 복명할 것이고, 장졸들이 대장의 수족처럼 일사불란하게 움직일 것이다.

그렇다면 생각보다 어려운 싸움이 될지도 모른다.

황보강이 눈살을 찌푸렸다.

그가 모용탈에게 출진 준비를 명하려고 하는데 풍옥빈이 손을 저었다.

"그게 아닐지도 몰라. 조금 더 지켜보는 게 좋겠다."

가문광치성의 군진이 활짝 열리더니 장수로 보이는 몇 사람이 말을 달려오고 있는 게 보였다.

즉시 황보강의 근위대장이자 귀호대장인 호장충이 근위대의 수하 스무 명을 이끌고 앞으로 달려나갔다.

그는 원래 힘이 장사인데다가 한 자루의 언월도를 제 몸처럼 잘 썼다. 게다가 단순하고 무지하다고 해야 할 만큼 무용과 용맹이 남달랐다.

또한 그는 황보강이 아직 떠돌이 신세였을 때부터 고난을 함께해 왔으므로 충성심이 누구보다 강했다. 그러므로 황보강은 그를 크게 믿고 있었다.

어떤 역경에 처해 있어도 그가 곁에 있어주면 든든함을 느낀다.

그 호장충이 언월도를 쥔 채 마주 달려가 일백여 장 앞에서 기다렸다.

적장은 모두 열두 명이었다.

그들 또한 거침없이 말을 달려 다가오고 있었다.

2. 세상을 흔드는 손

툭.

핏물이 뚝뚝 떨어지는 머리통 하나가 황보강 앞에 던져졌다.

황보강이 눈살을 찌푸렸다.

발아래 엎드려 있는 열두 명의 무장을 바라보는 눈길에 의아함이 가득하다.

　"저희들은 척라국의 유신들입니다. 목숨을 부지하기 위해 청화륜을 왕으로 받들고 숨죽이고 있었습니다만 이제는 더 이상 스스로를 감추고 있을 필요가 없어졌습니다."

　"무슨 말이냐?"

　"황보 장군에게 가문광치성을 들어 예물로 바치고 항복하기로 장수들과 병사들 모두 의견을 모았습니다."

　"저 목은?"

　"끝까지 청화륜을 섬기겠다고 고집한 성주 염청삭의 목입니다. 저희들이 두 마음을 품지 않았다는 증표입니다."

　"허—"

　황보강이 탄성을 흘렸다. 예상치 못했던 일이기에 놀람이 기쁨보다 컸다.

　"우리는 국사이셨던 황보숭 대공을 하늘같이 믿고 따르던 자들입니다. 대공이 억울한 화를 당하고 나서 이를 갈며 대공의 한을 풀어드릴 기회만 엿보고 있었습니다. 그러나 이 먼 변방으로 좌천되어 와서는 아무것도 할 수 없었지요. 이제 대공의 혈육인 황보 장군께서 친히 대장정에 나섰다는 걸 알았는데 어찌 대적할 생각을 하겠습니까?"

　"그랬군. 그대들은 선친을 따르던 자들이었군."

"나라를 세운 건 황보 대공이었고, 그 기틀을 제공한 건 동국부였습니다."

척라국의 거부로서 황보숭을 도운 동태웅을 말하는 것이다.

그는 번왕 창을 제거한 후 옛 척라국의 영토를 고스란히 회복하고 황보숭의 추대를 받아 왕위에 올랐었다.

그러더니 얼마 후 청화륜에게 왕좌를 양보했고, 왕위를 이양받은 청화륜은 국명을 신청오랑국이라고 바꾸었다.

왕위에 오르고 나자 그는 모든 것을 이루어준 황보숭을 죽였다.

청화륜이 황보숭을 내치던 날 동태웅은 국부라는 명예를 헌신짝처럼 버리고 홀연히 사라졌다.

그 후로 오늘까지 그가 어디에서 무엇을 하는지 아는 사람이 아무도 없다.

"청화륜이 한 건 아무것도 없습니다. 그럼에도 그는 나라를 차지하고 멀리까지 원정을 나가 대패했다고 하니 더 이상 그의 장수 노릇을 하고 있을 이유가 없습니다. 부디 저희를 받아주십시오. 견마지로를 다하겠습니다."

"좋다!"

황보강이 비로소 말에서 내려와 그를 일으켰다.

강대걸(姜大傑)이라고 하는 자였는데, 삼십대의 무장이

었다.

체구가 크고 눈빛이 번쩍이는 것이 예사로워 보이지 않는다.

강대걸이 깊이 읍하고 말했다.

"이제부터 소장은 물론 부하 장졸들이 모두 황보 장군께 목숨을 드리겠습니다."

"그대는 내가 하려는 일이 무엇인지 아는가?"

"짐작은 하고 있습니다."

"말해보라."

"대황국을 쳐서 무너뜨리고 황제 사량격발을 죽여 천하의 혼란을 가라앉히려는 것이지요."

"그렇다. 하지만 보다시피 나의 병력은 사만에 불과하다. 그러니 어떤 험한 일을 당할지 알 수 없지. 그래도 따르겠느냐?"

"이미 목숨을 드렸는데 무엇을 더 생각하겠습니까? 섶을 지고 불 속으로 뛰어들라 하면 할 뿐입니다."

"좋다!"

황보강이 그의 어깨를 두드렸다. 뜻하지 않게 믿음직한 장수와 함께 삼만의 정병을 얻었으니 말할 수 없이 기뻤다.

성에 들어온 황보강은 기쁨을 병사들 모두에게 나누어준다는 의미에서 하루를 마음껏 먹고 마시게 했다.

다음날 그는 총사령의 위엄을 갖추고 가문광치성의 병사들을 점고했다.

그런 다음 보군 이만은 그대로 성을 지키게 하고 강대걸과 함께 일만 명의 기병만을 추려 중군에 두었다.

편제를 마치자 황보강은 즉시 오만으로 불어난 기마군단을 몰아 성을 나섰다.

파죽지세.

황보강과 질풍군단으로 불리는 그의 기마군단의 질주는 그 말과 다름없었다.

여전히 사흘분의 식량과 물만을 지닌 그들은 오직 북을 향해 달려갈 뿐 다른 아무것도 돌아보지 않았다.

성주와 영주, 호족들은 다들 두려워 몸을 웅크렸을 뿐 감히 황보강을 대적할 생각조차 하지 못했다.

질풍군단에 대한 두려움과 함께 강대걸이 항복했다는 소문이 더해져 황보강의 위엄과 위상은 한껏 높아져 있었다.

그 무렵 청화륜이 죽었다는 소문이 온 나라 안에 퍼졌다.

명천사국의 사량지가 성을 새로 쌓고 병사들을 끌어모아 전열을 정비한다는 소문도 들려왔다.

졸지에 주인이 없는 꼴이 되어버린 신청오랑국은 대혼란에 빠졌다. 청화륜에게 후사가 없으니 그렇다.

그래서 사람들은 모두 황보강과 그의 질풍군단을 더욱 주목해 보기 시작했다.

그가 영토를 통과해 갈 때마다 그곳의 주인들이 앞 다투어 음식과 말을 내주는 데에는 두려움도 있었지만 미래에 대한 기대감 때문이기도 했다.

황보강이 정복자가 되어 도성인 대운성을 장악하고 왕이 될 것이라는 소문이 떠돌고 있었던 것이다.

대운성에는 질풍군단을 막을 만한 병사가 없었으니 신청오랑국은 그야말로 무주공산이나 다름없었다.

이럴 때에 국경을 맞대고 있는 소황국이 쳐들어온다면 속수무책으로 당할 것이다.

모아합은 식은 죽 먹기로 한 나라를 손에 넣을 수 있을 텐데 어쩐 일인지 침묵하기만 했다. 국경에 병사들을 집결시켜 놓았으나 월경할 생각이 없는 것 같았다. 그러므로 이제 신청오랑국 내에는 황보강과 질풍군단을 대적할 세력이 전혀 없다고 해도 과언이 아니었다.

가는 곳마다 성주와 영주, 호족들은 극진하게 황보강을 맞이할 수밖에 없다.

그러나 황보강은 무인지경 달리듯 신청오랑국을 횡단해 올라가면서 오직 하루라도 빨리 국경에 닿기를 원할 뿐이었다. 왕이니 나라니 하는 데에는 조금도 관심이 없는 것이다.

보름 만에 드디어 저 멀리 도성인 대운성이 보이는 벌판에 이르렀다.

황보강은 그곳에 진을 쳤다.

오만 기마군단이 모두 지난 보름 동안의 쉴 새 없는 질주로 지쳤거니와, 도성을 통과하는 데에는 아무래도 소홀할 수 없었던 것이다.

도성을 지나 닷새만 더 달리면 소황국과의 국경에 이른다는 것도 황보강을 멈추게 한 요인이었다.

이제 신청오랑국의 관통을 눈앞에 두고 있으니 다음으로 지나야 할 소황국의 일을 걱정하지 않을 수 없었던 것이다.

그곳은 율해왕 모아합이 단단히 지키고 있는 곳 아닌가.

과연 그의 친위 군단인 적운기를 뚫고 대황국까지 갈 수 있을 것인가? 하는 질문에는 누구도 선뜻 그렇다고 대답할 수 없었다.

황보강이 벌판에 진을 친 채 병사들을 쉬게 하며 앞으로의 일을 두고 고심하는 동안 도성인 대운성은 잠잠하기만 했다.

그러나 그것은 바깥에서 보았을 때의 일이고, 높고 단단한 성벽 안의 일은 그렇지 않았다. 후사도 없이 주인을 잃어버린 옥좌를 놓고 대신들 사이에 의견이 둘로 갈렸던 것이다.

청화륜을 섬기며 새로운 지배층에 올랐던 신청오랑국의 대신들은 나라를 이대로 유지하길 원했고, 옛적 척라국 시절에 득세했던 원로대신들은 이 기회에 다시 척라국의 왕통을 회복해야 한다고 주장했다.

실세를 쥐고 있는 건 신청오랑국의 대신들이었지만 명분을 가지고 있는 건 척라국 시절의 원로들이었다.

"황보강이 이대로 도성 안으로 들어온다면 나라는 고스란히 그의 손에 넘어가고 말 것이오."

"그것만은 절대로 안 되오!"

"하지만 그는 단지 통과하기를 원한다고 하지 않소? 그리고 여태까지의 행보로 보았을 때 정말 그렇게 했소이다."

"그가 명천사국을 지나왔지만 그곳의 왕좌를 빼앗지는 않았소. 그러니 이곳도 마찬가지일 거요."

"명천사국에는 번왕 사량지가 살아 있으니 그가 왕위를 빼앗을 수 없었으나 우리 신청오랑국의 왕께서는 전사하셨소. 어찌 명천사국의 경우와 같다고 보시는 거요?"

대신들은 언성을 높여가며 제 주장을 되풀이할 뿐 해결책을 찾지 못했다.

대운성을 지키고 있는 수비군들은 더 견딜 수 없었다.

그들은 청화륜에 의해 발탁되었고, 그에게 충성을 맹세한 정병들이었다. 그런 자들이 삼만이나 성중에 남아 있는 것이다.

"이대로는 안 되겠다. 적이 목전에 와 있는데 언제까지 왕

운명 속의 사람들 155

위 계승 문제로 싸움질이나 하고 있을 것인가!"

수비대장인 상장군 곽거문(郭巨門)이 분연히 병사를 일으켜 거사하려고 했을 때 부장 한 명이 급히 들어와 보고했다.

"밖에 율해왕의 사신이라고 하는 자가 찾아왔습니다!"

*　　　*　　　*

"저들은 아무래도 호의적으로 보이지 않는다."

풍옥빈의 말에 황보강이 저 멀리 우뚝 솟아 있는 대운성의 높은 망루와 성벽을 바라보았다.

"이틀이 지났다. 지금쯤은 어느 쪽이든지 무언가 소식이 들려와야 하지 않겠느냐?"

"오늘 하루만 더 기다려 보고 그래도 화답이 없으면 어쩔 수 없지요."

황보강은 길을 내주기 바란다는 자신의 통지에 대하여 침묵으로 일관하고 있는 대운성이 답답하기만 했다.

아무래도 이곳에서 큰 싸움을 한차례 치러야 할 것 같다는 생각에 마음이 어두웠다.

대운성은 한 나라의 도성인만큼 여태까지 지나온 다른 성들보다 단단한 건 물론, 주둔하고 있는 병사들 또한 잘 훈련되었을 것이다. 그러므로 그것을 깨뜨리기 위해서는 큰 피해를 감수할 수밖에 없다.

지금의 병력을 고스란히 간직해도 모아합의 소황국을 뚫고 나갈 수 있을지 장담할 수 없는데 이곳에서 병력의 손실을 입어서는 모든 계획이 수포로 돌아갈지도 모른다.

그런 생각에 대책을 궁리해 보지만 멀리 돌아가지 않는 이상 뾰족한 수가 없었다.

그가 고민하고 있는데 한 사람이 진중으로 찾아왔다.

종 한 명만 대동한 채 노새에 타고 한가롭게 다리를 건들거리며 찾아온 노인이다.

"누가 왔다고?"

전령의 보고를 받은 황보강이 자리에서 벌떡 일어섰다.

"동태웅이라고 합니다."

"동태웅!"

홀연히 사라졌던 그가 찾아왔다는 말에 황보강이 뛸 듯이 기뻐했다. 이것이야말로 하늘의 도움이고 계시라는 믿음이 강하게 들었던 것이다.

그가 군막을 박차고 나오자 근위대의 호위를 받으며 호장충과 함께 다가오고 있는 노인이 보였다.

그가 아버지와 함께 바로 지금의 신청오랑국을 세운 국부다. 그러나 황보강에게는 노인의 그런 전력보다 그가 아버지의 동료이자 벗이었다는 사실이 중요할 뿐이었다.

황보강이 다가온 동태웅 앞에 망설이지 않고 꿇어 엎드렸다.

막장들이 모두 놀라서 입을 딱 벌렸고, 동태웅은 급히 나귀에서 내렸다.

"이게 무슨 짓인가? 감당할 수 없으니 어서 일어서게."

종종걸음으로 달려온 동태웅이 황보강을 안아 일으켰다.

"동 백부님을 처음 뵙습니다. 더 큰 예를 갖추어야 마땅하지만 이곳은 진중이라 그렇게 할 수 없음을 용서해 주시기 바랍니다."

"이 사람……."

황보강의 손을 잡은 동태웅의 눈에 눈물이 가득 고였다.

"부친과 어쩌면 이리도 똑같이 생겼단 말인고? 이렇게 자네를 대하고 있으니 황보숭 그 야속한 친구를 다시 보는 것 같아 마음이 더 괴롭네."

"동 백부……."

동태웅이 아버지를 말하자 황보강도 그만 목이 메어 말을 제대로 하지 못했다.

"자네가 온다는 소식을 듣고 급히 찾아왔네만 행여 늦지는 않았는지 모르겠군."

동태웅이 옷소매로 눈물을 찍어내고 그렇게 말했다.

황보강이 환하게 웃었다.

"어려운 때인데 이처럼 알맞게 찾아와 주셨으니 역시 선부께서 저를 도와주시는 모양입니다."

3. 율해왕(律解王) 모아합(毛牙合)

그 시각, 신청오랑국의 상장군 곽거문도 한 사람을 만나고 있었다.

그가 앞에 서 있는 흰옷의 젊은 서생을 못마땅하게 바라보았다.

모아합의 사신으로 찾아온 자는 조사경이었다.

송악현 조가촌 태생으로 자를 휘경(輝敬), 호를 담명(澹明)이라고 하는 자다.

도유강에 은거하고 있는 황보숭을 존경하여 스승처럼 모시다가 모아합의 책사로 발탁되어 총애를 받더니 청화륜을 충동질해서 황보숭을 죽게 한 자이기도 하다.

그가 두 번째로 대운성에 들어온 것이다. 이번에는 상장군 곽거문을 만나기 위해서였다.

"왕께서 말씀하시기를 아직 때가 이르지 않았으므로 신청오랑국과의 국경을 조금 더 유지하길 원한다고 하셨습니다."

"조금 더?"

"대저 호랑이는 멧돼지를 잡아먹으며 이리는 토끼를 잡아

먹는 게 이치 아니겠습니까? 그와 같이 강한 군주가 그보다 못한 군주를 몰아내고, 그보다 못한 군주는 또한 더 못한 자들을 그렇게 해서 땅을 불리는 게 이처럼 어지러운 세상의 이치인 것이지요."

"그렇다면 선생의 말씀은 율해왕께서 언젠가는 이 땅을 집어삼킬 텐데 지금은 여의치 못하므로 조금 더 두고 보겠다는 것이오?"

"그렇습니다. 장군께서는 말귀에 밝으시군요."

"끄응—"

어찌 들으면 지극히 오만하고 또 어찌 들으면 솔직 담백하다고 해야 할 조사경의 언변에 곽거문은 된 숨만 내쉬었다.

조사경이 나긋나긋하게 말했다.

"율해왕 전하의 힘이 천하를 덮을 만하다는 걸 곽 장군께서도 잘 아실 것입니다."

"끄응—"

"더구나 지금의 신청오랑국은 무주공산이 아닙니까? 이럴 때에 율해왕께서 적운기를 거느리고 국경을 넘으면 누가 그분을 막을 수 있겠습니까?"

사실이다. 그래서 곽거문은 한마디도 반박할 수 없었다. 분하고 원통한 마음이 들어 눈앞의 백면서생을 잡아먹을 듯 노려볼 뿐이다.

"그러나 지금 율해왕께서는 그럴 마음이 없으니 안심하십시오."

"정말이오?"

"아직은 신청오랑국이 존재해야 할 필요가 있으니까요."

"어째서? 지금이야말로 그대의 왕이 나라를 넓힐 절호의 기회이지 않소?"

"그렇기는 합니다. 그러나 아래쪽에 명천사국이 건재하지 않습니까? 율해왕께서는 황제 폐하의 혈육인 번왕 사량지 전하와 국경을 맞대고 싶지 않으신 것입니다. 분쟁이 생긴다면 처신하기가 불편하신 까닭이지요."

"흥, 그대의 말은 우리 신청오랑국이 번왕 사량지와 율해왕 사이의 완충지대라는 말이로군?"

"그렇습니다. 그러나 완충지대는 오래갈 수 없지요. 언젠가는 두 나라 중 하나에 의해서 신청오랑국은 무너질 것입니다."

"끄응―"

부정할 수 없는 말이다. 그래서 곽거문은 더욱 심기가 불편했다. 두 마리의 호랑이 사이에 끼어 있는 염소와 같은 처지가 지금의 신청오랑국 아닌가.

"그러나 길은 있습니다."

은근한 조사경의 말에 곽거문이 저도 모르게 상체를 기울였다.

"그게 뭐요?"

"곽 장군께서 공을 세우고 나라를 장악하시는 겁니다. 그러면 율해왕께서는 곽 장군께서 신청오랑국의 새로운 왕이 되도록 도와주실 것입니다. 그렇게 되면 신청오랑국과 소황국은 동맹국이 되니 명천사국이 함부로 넘보지 못할 테지요. 적어도 한 가지 위협은 떨쳐 버릴 수 있게 되지 않겠습니까?"

"무슨 공을 세우라는 거요?"

"황보강과 그의 질풍군단을 괴멸시키는 거지요."

"이런, 이런, 이제 보니 선생은 나를 놀리러 온 것이로군? 내게는 고작 수성을 위한 기병 일만과 보군 이만이 있을 뿐인데 무슨 수로 황보강의 오만 기마군단을 괴멸시키란 말이오? 차라리 나더러 칼을 물고 이 자리에서 자결하라고 하시오."

곽거문이 벌컥 화를 냈다.

누가 들어도 조사경의 말은 계란으로 바위를 깨뜨리라는 것과 다를 게 없었다. 그러나 그는 태연하기만 했다. 빙그레 웃는다.

"개도 제집에서는 한 수 먹고 들어간다지 않습니까? 이곳은 곽 장군의 성이고 황보강은 멀리에서 온 낯선 자이니 당연히 곽 장군이 유리하겠지요."

"개라니?"

곽거문이 얼굴을 붉히고 씩씩거렸다.

"소생의 비유가 과했군요. 하지만 곽 장군을 놀리려는 게 아닙니다. 잘 아시지 않습니까?"

조사경은 유들유들하기만 했다. 곽거문을 제 손바닥 위에 올려놓고 놀리는 게 재미있는 모양이다.

곽거문은 참을 수밖에 없었다. 그런 제 꼴이 비참하고 처지가 원통해서 더욱 참는다. 그래야 훗날 복수할 기회라도 잡을 수 있을 것이라는 생각 때문이었다.

'만만한 자가 아닌걸? 생각 밖이야.'

그런 곽거문을 보면서 조사경은 쉬운 자가 아니라는 걸 느꼈다.

이렇게 잘 참는 자들치고 위험하지 않은 자가 없다. 도량이 넓거나 음흉하기 짝이 없는 자이기 때문이다.

그런 내심을 숨기고 조사경이 태연하게 말했다.

"그를 성안으로 불러들이면 그는 안심하고 경계하지 않을 것입니다. 여태까지 순조롭게 모든 성들을 통과해 왔으니 이번에도 그럴 것이라고 믿겠지요. 그야말로 좋은 기회가 아니겠습니까?"

"하지만 그의 질풍군단은 무적을 자랑하는 막강한 기마군단이오."

"율해왕 또한 곽 장군께서 이 성중에서 질풍군단을 괴멸시키고 황보강을 사로잡으리라고는 기대하지 않으십니다. 늑대가 어찌 호랑이를 잡을 수 있겠습니까?"

'개보다는 낫군.'

곽거문이 눈살을 찌푸렸다. 조사경의 여전한 빈정거림에 기분이 상하지만 꾹 눌러 참는다.

"그에게 타격을 줄 수 있으면 그걸로 족합니다. 곽 장군 휘하의 삼만 병사를 모두 동원해 기습한다면 성안에서 그는 꼼짝없이 당할 수밖에 없을 것입니다. 커다란 피해를 입고 전력으로 성을 벗어날 수밖에 없겠지요. 그다음부터는 걱정하지 않아도 됩니다. 성문을 굳게 닫고 지키기만 하면 될 테니까요."

"걱정하지 않아도 된다는 말은 뭐요?"

"율해왕께서 그의 배후를 위협할 테니 그는 성을 쳐서 복수할 기회를 갖지 못할 것 아니겠습니까? 남은 병사들을 이끌고 율해왕 전하를 피해 달아나기 바쁠 것입니다. 그렇게 되면 그는 오갈 데 없는 신세가 되고 말겠지요."

곽거문의 두 눈이 음흉하게 번쩍였다.

조사경의 말대로라면 황보강의 처지가 대군을 이끌고 무리해서 명천사국 깊숙이 쳐들어갔던 청화류의 처지와 똑같아질 것이기 때문이다.

황보강과 그의 질풍군단은 더 나아가지도 못하고 물러설

곳도 없으니 신청오랑국 안에서 이리저리 물어 뜯기다가 결국 청화륜처럼 사라져 버리고 말 것이다.

"하하하—"

곽거문이 의자의 팔걸이를 두드리며 웃었다. 조사경도 빙그레 웃고 말했다.

"그런 다음에 장군께서 대신들을 수습해 정리하고 왕위에 오르시는 겁니다. 커다란 공을 세웠으니 백성들도 모두 기뻐할 것입니다."

대신들을 수습하라는 건 반대하는 자들은 가리지 말고 죽여 없애라는 뜻이다.

곽거문은 가슴 깊은 곳에서 솟구치는 야망에 몸을 떨었다.

여태까지 한 번도 제 스스로 왕이 될 것을 꿈꾸어본 적이 없지 않던가.

하지만 조사경의 말을 듣고 나니 그게 곧 이루어질 것만 같았다. 옥좌가 눈앞에 어른거린다.

백성들의 환호 소리가 성안에 진동했다.

조사경이 떠나고 난 후 은밀히 계획을 진행시키기 위해 병사들을 점고하고 있던 곽거문이 깜짝 놀랐다.

"무슨 일인지 알아봐라."

명령을 받은 부장이 급히 군영 밖으로 달려나갔다. 그리고 잠시 후 돌아온 그의 보고는 곽거문을 당황하게 했다.

"동 국부께서 귀환하셨습니다."

"뭐라고?"

그 말은 곽거문에게 청천벽력 같은 소리였다.

어디에서인가 죽었을 것이라고 믿고 있던 동태웅이 찾아왔다니 어리둥절하기만 하다.

"하필 이때란 말인가?"

곽거문이 의자에 털썩 주저앉으며 탄식을 터뜨렸다.

그는 동태웅이 왕위에 오르기 전부터 그를 따르던 무장이었다. 그러다가 청화륜을 섬겼지만 아직도 동태웅에 대한 공경심을 가지고 있었다.

그건 그뿐만이 아니었다. 성중의 백성들은 말할 것도 없고, 병사들 또한 동태웅에 대한 믿음과 신뢰를 여전히 가지고 있었다.

청화륜의 폭정을 겪으면서 선왕이었던 동태웅에 대한 그리움이 더 커졌던 것이다.

그런 동태웅이 이렇게 혼란한 때에 귀환했으니 거리의 개들까지도 기뻐서 꼬리를 흔들 만했다.

그의 등장과 함께 대신들 간의 분쟁이 즉시 사라졌다.

잃어버렸던 구심점을 찾았으니 더 다툴 일이 없어진 것이다.

신청오랑국의 계승을 바라는 자들은 물론, 척라국의 부활을 주장하는 자들에게도 동태웅의 등장은 반가운 일이었다.

"답답하다. 그대로 뚫고 나가자."

석지란이 씩씩거리며 말했다. 입을 꾹 다물고 있는 모용탈의 얼굴에도 그와 같은 뜻이 가득하다.

벌써 사흘째.

그들은 아무 하는 일 없이 대운성이 바라보이는 들판 가득 군진을 벌린 채 날만 보내고 있었던 것이다.

여태까지 오직 앞만을 바라보며 쉴 새 없이 달려온 날들이 덧없게 느껴지기 시작했다.

여기서 이렇게 시간을 보내고 있을 것이면 무엇 때문에 그토록 정신없이 달려왔던가, 하는 의문이 들지 않을 수 없다.

그러나 황보강은 좀체 병사들을 움직이려 하지 않았다.

그는 이곳에서 조금 더 지체해도 좋다고 생각했다. 무리해서라도 대운성을 뚫고 나가려면 못할 것도 없다. 그러나 역시 상당한 피해를 입게 될 텐데, 황보강은 그렇게 하고 싶지 않았다.

그는 동태웅의 결정을 기다리고 있었다. 그가 성중의 혼란을 수습하고 결정권을 갖게 되기를 기다리는 것이다.

4. 강가에 서다

"역시 그놈에게 운이 있는 건가?"

모아합이 눈살을 찌푸렸다.

그는 도성을 떠나 신청오랑국의 국경과 가까운 대동현에 와 있었다.

오만의 적운기를 대동했으니, 여차하면 국경을 넘어 신청오랑국을 들이칠 작정이었다. 대운성까지 닷새면 돌파할 수 있을 것이라고 자신한다.

조사경의 사탕발림에 넘어가 곽거문이 황보강에게 타격을 입히고 집권한다면 그는 자신의 좋은 먹잇감이 될 것이라고 생각했다.

그렇게 되면 질서를 바로잡는다는 구실을 붙여 그대로 국경을 넘어 진격할 작정이었다.

타격을 입은 질풍군단은 적운기의 적수가 될 수 없을 것이고, 곽거문 또한 그렇다.

그래서 모아합은 지금 신청오랑국의 넓은 땅이 손쉽게 제 것이 될 것이라는 희망에 부풀어 있었다.

그런 그에게 조사경이 가지고 돌아온 소식은 전혀 뜻밖의 것이었다.

"동태웅을 까맣게 잊고 있었구나."

모아합의 탄식에 조사경이 머리를 조아렸다.

"신의 불찰입니다."

"꼭 너를 탓할 수만은 없지. 누구도 그가 멀쩡히 살아서 다시 돌아오리라고는 생각하지 못했으니까."

조사경은 곽거문과 밀담을 나누다가 동태웅이 입성했다는 말을 듣자 곧 그곳을 떠나 모아합에게로 돌아온 터였다.

먼 길을 오갔을 뿐, 손에 쥐고 온 게 아무것도 없다는 죄책감에 몸 둘 바를 모른다.

모아합이 그런 조사경을 위로했다.

"이래서 세상일이란 재미가 있다는 거다. 뜻대로 모든 게 척척 이루어진다면 참 심심할 거야. 그렇지 않으냐?"

"황송합니다."

"이제 신청오랑국은 동태웅의 손에 넘어갔다고 봐야겠지?"

"그렇게 될 것입니다."

"잘됐어. 그가 늙었지만 청화륜보다 열 배는 낫다. 이럴 때 황보숭 그 친구까지 살아 있었더라면 더 좋았을 걸 그랬어."

모아합이 정말 아쉽다는 듯 혀를 찼다.

조사경은 그 속을 알 수 없었다.

신청오랑국을 집어삼킬 때가 되었다고 좋아하더니 이제는 또 동태웅의 귀환을 반기지 않는가.

조사경이 조심스럽게 물었다.

"만약 황보 대인이 생존했다면 우리에게는 더 큰 위협이 되지 않겠습니까?"

"그럴 수도 있겠지. 하지만 말이다, 세상은 큰 산과 같은 것 아니겠느냐?"

"그 말씀은……?"

"여러 봉우리가 제각각 뽐내며 우뚝우뚝 서 있지. 늑대며 여우, 곰, 너구리 등 온갖 짐승들이 제 영역을 지키고 있는데 그것들은 호시탐탐 이웃한 짐승을 몰아내려고 기회를 엿본다. 하지만 호랑이 두 마리가 각기 한 봉우리를 차지하고 있으면 그것들은 감히 욕심을 드러낼 수 없는 법이다. 언제 그 호랑이가 제 봉우리를 탐낼지 모르니 노심초사하며 제 영역을 지키기에 바쁠 뿐이지."

"왜 하필 두 마리여야 합니까? 호랑이가 한 마리뿐이면 그것이 산중의 제왕 노릇을 할 수 있지 않겠습니까?"

"쯧쯧, 너는 총명하지만 대국을 볼 줄 모른다. 호랑이가 한 마리뿐이면 외롭지 않겠느냐? 늑대며 곰들이 그것을 얕잡아 볼 거야. 하지만 두 마리면 그렇지 않지."

"아!"

조사경이 탄성을 터뜨렸다.

모아합을 새로운 눈으로 우러러본다.

'대황국의 장수였을 때 그는 단순하고 용맹한 무장에 불과했으나, 나이가 들고 한 나라를 다스리는 자가 되자 그릇이 달라졌구나.'

조사경이 다시 물었다.

"하지만 전하께서는 신청오랑국을 탐내지 않으셨습니까?"

모아합이 태연하게 대답한다.

"그때는 신청오랑국이 임자 없는 나라였으니 그렇지. 명천사국의 사량지가 널름 집어삼키기 전에 내가 먼저 차지해야 안심할 수 있지 않겠느냐? 그러나 동태웅이 입성했으니 이제는 사정이 달라졌지."

"그렇다면 전하께서는 동태웅과 양립할 생각이십니까?"

"그는 늙은 호랑이인데 무슨 큰 도움이 되겠느냐? 그저 남쪽의 위험을 막아주면 그걸로 족할 뿐이다."

동태웅이 왕이 되어 명천사국을 견제하는 역할만 해주어도 모아합의 소황국은 태평성대를 계속 누릴 수 있을 것이다.

그러나 조사경은 그의 뜻이 고작 그러한 데에 있지 않다는 걸 짐작하고 있었다.

"하오시면……."

"두고 보면 알 게야."

모아합이 제 속을 감추고 의뭉을 떨었다.

*　　　*　　　*

닷새째 되는 날 성문이 활짝 열렸다.

수비대장인 곽거문이 몸소 성 밖으로 동태웅의 어가를 호위해 나왔다.

동태웅이 성으로 들어간 후 대신들은 그를 새로운 왕으로 추대했다. 다른 대안을 찾을 수 없었던 것이다.

동태웅은 왕권을 넘겨받는 절차를 거쳤고, 그것이 끝나자 성중에 포고했다.

청화륜의 전사 소식으로 불안에 떨던 백성들은 두 손을 높이 들어 환영했고, 그런 민심 앞에서 동태웅에 대하여 일말의 거부감을 가졌거나 불만을 품었던 자들도 승복하지 않을 수 없었다.

곽거문 또한 그런 자들 중 한 명이었다.

황보강이 풍옥빈, 백검천, 용장보현을 대동하고 어가를 마중 나갔다. 그가 진중의 장수들을 대동하지 않은 건 싸울 의사가 없다는 걸 명백하게 전하기 위해서였다.

동태웅을 경계해서가 아니라 아직 불만이 남아 있을 성중의 장수와 병사들에게 보이기 위해서였다.

격식을 갖춘 의례적인 말이 오가고 나서 동태웅이 활짝 웃으며 황보강의 손을 잡았다.

한 나라의 왕이 아니라 황보숭을 존경하고 황보강을 아끼는 한 사람의 지인이자 후원자의 모습으로 돌아온 것이다.

"나는 네가 뜻을 이루기 바란다. 선친의 뜻이 또한 너의 뜻일 테니 나로서는 그것을 따르는 게 황보숭에게 의리를 다하는 길이라고 믿는 까닭이야."

"감사합니다."

"필요한 게 있으면 망설이지 말고 말해보아라."

"제가 어찌 동 백부님에게 손을 내밀 수 있겠습니까? 그저 아무 일 없이 도성을 지나 국경으로 갈 수 있게 되기를 바랄 뿐입니다."

"그게 정녕 네가 원하는 일이라면 더 이상 붙잡고 있을 수 없지."

동태웅이 길을 열어주었다.

그는 황보강이 무엇을 하려고 하는지 짐작하고 있었다. 그에게는 일각이 중요할 터인데 지난 닷새 동안이나 이곳에 붙잡혀 꼼짝하지 못하고 있었으니 그게 미안하기만 했다.

"그럼 실례하겠습니다. 예는 소생의 일이 끝나고 난 뒤에 격식을 갖추어 다시 차리도록 하겠습니다."

말에 올라 군례를 올린 황보강이 힘껏 손을 저었다.

멀리서 기다리고 있던 기병들이 일제히 움직이기 시작했다.

원래 황보강이 데리고 온 사만의 기마군단에 얼마 전 그를 따르게 된 가문광치성의 강대결과 그의 기병 일만이 더해진 오만의 대군이다.

그들이 질서 정연하게 성안으로 들어가 대로를 지나 북문으로 빠져나오는 데 꼬박 한나절이 걸렸다. 성중에서 말을 달리지 않았으니 그렇다.

황보강이 그렇게 한 것은 동태웅과 새롭게 탄생한 그의 나라에 최대한의 예의를 지키기 위해서였다.

그런 황보강의 질풍군단을 구경하기 위해 거리로 나온 백성들이 모두 환호성으로 그들을 맞이하고 보냈다.

第五章
담판(談判)

1. 그가 원하는 것

대운성을 무사히 통과한 황보강의 앞에 더 이상의 장애물은 없었다.

세 개의 영지와 다섯 개의 성을 지나는 동안 식량과 물을 얻고 지친 말을 바꾸기 위해서 두 번 멈추었을 뿐, 쉬지도 않았다.

닷새 후 드디어 모아합의 소황국과 경계를 이루고 있는 백수하(白水河)에 이른 황보강은 거기에서 다시 진군을 멈추었다.

이제 그의 앞에 가장 큰 난관이 가로놓여 있는 것이다.

유유히 흐르고 있는 강을 바라보는 황보강의 얼굴이 딱딱하게 굳었다.

"강 저쪽에 모아합이 몸소 나와 있다고 한다."

"오만의 적운기를 거느렸다고 하더군."

석지란과 모용탈이 일깨워 주려는 듯 그렇게 말했다.

황보강은 대꾸하지 않았다. 백수하를 보고, 그 건너 뿌연 안개에 가려져 있는 넓은 벌판을 바라볼 뿐이다.

"그들과 일전을 벌이는 게 두렵지는 않다."

그의 말에 석지란이 움켜쥔 주먹을 들어 보였다.

"내 말이 그 말이야. 흥! 빌어먹을 모아합이고 빌어먹을 적운기지. 한번 통쾌하게 짓밟아주자. 그놈들에게 당했던 복수를 하는 거야!"

모아합과 그의 적운기에 대한 적개심은 석지란과 모용탈 모두 이가 갈리도록 크고 깊었다.

그들에게 참패를 당하고 나라를 잃은 기억이 생생하기 때문이다.

"그러나 우리의 목표는 그가 아니다."

황보강의 말에 두 사람이 잔뜩 낯을 찌푸렸다.

그들도 잘 알고 있었다, 이곳까지 무엇 때문에 그토록 정신없이 질주해 왔는지를.

황보강의 목표는 더 크고 높은 데에 있고, 모두는 그것에 동의하지 않았던가.

그러나 저 앞에는 모아합이 오만의 적운기를 거느리고 기다리고 있다. 그것을 어떻게 통과한단 말인가.

한참을 침묵하던 황보강이 결연하게 말했다.

"나는 단 한 명의 병사도 잃지 않고 그들 앞을 지나갈 것이다."

"어떻게?"

"허!"

석지란이 즉각 물었고, 모용탈은 탄성을 터뜨렸다.

도대체 황보강의 속셈이 무엇인지 알 수 없어 답답하기만 했다.

그러나 그가 이처럼 단호하게 말했을 때는 언제나 길이 있었다. 그리고 반드시 이루었다.

그걸 알고 있기에 석지란과 모용탈은 더 이상 말하지 않았고 놀라거나 의심하지 않았다.

그날부터 황보강은 아무것도 하지 않았다. 지루할 만큼 무료한 시간이 백수하의 물처럼 느릿느릿 흘러가기만 하는 날들이었다.

대운성 밖에서 그랬던 것처럼 그곳에서 사흘을 또 지체하는 동안 병사들은 이제 온몸이 근질거려 못 견딜 지경이 되었다.

전마들도 당장 천 리를 달려갈 것처럼 으르렁거렸다. 그동안의 피로가 모두 사라진 데에 그치지 않고 활력이 넘쳐 나서 주체하지 못할 지경이 된 것이다.

"도대체 왜 이러고 있는 거지? 어차피 싸울 거라면 지금이라도 그냥 강을 건너 들이쳐 버리는 게 낫지 않겠어?"

석지란의 투덜거림에 모용탈이 칼날을 살펴보며 말했다.

"기다리는 거야."

"뭘? 뭘 기다려? 모아합이 항복하기를 기다린단 말이냐?"

"그럴지도 모르지. 그나저나 이 칼날도 이제 많이 무뎌졌는걸? 새로 갈아야겠어."

"이놈아! 이렇게 기다리고만 있으면 모아합이 지쳐서 항복해 온다더냐? 인내심으로 겨루는 거라면 나는 아주 지겹다. 나 혼자서라도 그냥 강을 건너고 말까 보다."

"쯧쯧, 참을성없는 놈 같으니."

칼을 내려놓은 모용탈이 정색을 하고 석지란을 바라보았다. 형이 떼쓰는 아우를 보는 것 같다.

"그의 판단이 언제 틀리는 것 보았느냐? 대황국의 뇌옥 안에서의 일을 잊었어? 그때도 너는 안 된다고만 했었지. 모두 죽을 거라고 투덜대기만 했어. 하지만 황보강 그 친구는 심중에 이미 계획을 세워두고 있었다. 누구도 그것이 성공할 것이라고 믿지 않았지만 결과가 어땠느냐?"

"흐흐, 보기 좋게 성공했지. 사량격발의 근위대 놈들을 죄다 죽여 버렸단 말씀이야."

다시 생각해도 통쾌하고 신이 난다는 듯 석지란이 어깨를 들썩였다.

"그때부터 지금까지 그 친구의 판단은 틀린 적이 없었다."

"제기랄, 나도 알아. 그냥 답답해서 그러는 거지 뭐. 온몸에 이끼가 낄 지경이란 말이다."

"철없는 놈 같으니. 그렇게 심심하면 나가서 물고기라도 잡아와라."

"정말 그럴까 보다. 기다려. 가서 큰 놈으로 몇 마리 잡아 올 테니 구워 먹자."

석지란이 군막 밖으로 쿵쿵거리며 나갔다. 이내 그의 호통 소리가 들려온다.

"거기, 할 일 없이 빈둥거리는 놈들 죄다 나를 따라와라! 고기 잡으러 가자!"

"그놈 참, 쯧쯧—"

그가 정말로 물고기를 잡으러 가려는 걸 안 모용탈이 실소를 흘렸다.

"몰아라, 저쪽이다! 이놈아, 네 가랑이 사이로 다 도망가잖아! 그렇게 굼떠가지고 적을 벨 수 있겠느냐? 저런, 저런, 멍청한 놈!"

물을 첨벙거리며 석지란이 연신 악을 써댔다. 병사들을 풀어 고기를 몰고 잡게 하는 것이 마치 전장에서 싸움을 하고 있는 듯했다.

이리저리 첨벙거리며 뛰어다니지만 이런 일에는 영 서툴기만 한 병사들이었다. 적을 베고 찌르는 것보다 다리 사이로 빠져나가는 물고기들을 쫓는 게 몇 배는 더 힘들다.

보다 못한 석지란이 또 악을 썼다.

"에라, 이 식충이 같은 놈들아! 활 가져와! 창이며 칼이며 다 가져와라. 아예 이놈의 강에 사는 물고기들의 씨를 말려버리고 말 테다!"

"장군, 차라리 이 빌어먹을 강물을 죄다 퍼내는 게 어떻겠습니까?"

"그것도 괜찮은 방법이네."

그가 신분을 잊고 부하들과 시시덕거리고 있을 때였다.

"장군, 저기!"

석지란이 뿌리는 물을 피해 달아나던 부하가 손짓을 했다.

저쪽, 강 건너편에서 억새를 헤치고 배 한 척이 빠져나오고 있었다.

한 명의 문사가 시종과 함께 배 위에 타고 있다.

사공이 곧장 석지란 등이 있는 곳으로 배를 저어왔다.

석지란과 병사들은 모두 갑주를 벗은 채 홑옷 차림이었는데, 그마저 물에 흠뻑 젖어 있어서 병사들인지 민간의 한량인지 분간할 수 없었다.

그러나 배 위에 타고 있는 문사는 개의치 않고 사공을 재촉해 더 빠르게 배를 몰아왔다.

"황보 장군의 진영에 있는 분들이지요?"

얼굴을 알아볼 만큼 가까워졌을 때 문사가 크게 소리쳤다.

"율해왕의 전언을 가지고 왔습니다. 황보 장군을 뵙게 해 주십시오!"

"왔군."

전갈을 받은 황보강이 빙그레 웃었다.

"사자가 오기를 기다리고 있었던 것이냐?"

"어떻게 알고?"

모용탈과 석지란이 거푸 물었다.

황보강이 자리에서 일어서며 태연하게 말했다.

"모아합의 입장이 되어서 생각해 보았지. 어제쯤 올 줄 알았는데 하루 늦었으니 그에게는 생각할 시간이 더 필요했던 모양이다."

황보강이 군막을 나가고 나서도 석지란과 모용탈은 눈이

휘둥그레져서 서로를 멍하니 바라보기만 했다.

군막 앞에서 사자를 대면한 황보강이 낯을 찌푸리고 손사래를 쳤다. 인사를 마친 사자가 아직 뭐라고 전갈의 말을 꺼내기도 전이었다.

"돌아가라. 들을 것도 없다."

"예?"

사자가 어리둥절해서 황보강을 바라보았다.

"가서 율해왕에게 전해라. 사자를 다시 보내라고 해."

"하오나…… 저는 아직 말씀을 전하지도……."

"들을 필요 없어. 가서 내 말이나 잘 전해라."

더 상대하지 않고 옷자락을 펄럭이며 돌아선다.

모아합의 사자는 눈이 휘둥그레져서 군막으로 돌아가는 황보강의 뒷모습을 멍하니 바라보기만 했다.

저물녘에 두 번째 사자가 왔다. 그러나 그를 한 번 힐끗 본 황보강은 여전히 마뜩찮다는 듯 한마디 했을 뿐이었다.

"다시 보내라고 해."

그리고는 처음과 마찬가지로 손사래를 치고 돌아섰다.

"도대체 왜 그러는 거냐? 모아합의 화를 돋우려는 작전이냐?"

석지란이 물었지만 황보강은 웃기만 할 뿐 대답해 주지 않왔다.

"하긴, 모아합이 화가 나서 막무가내로 강을 건너온다면 그때가 적운기 놈들을 박살 낼 좋은 기회이기는 하네."

석지란이 불만스런 얼굴로 툴툴거렸지만 황보강은 여전했다.

모용탈이 불쑥 말했다.

"제가 아쉬우면 또 사자를 보내겠지 뭐. 이쪽에서 마음에 들어 할 때까지 말이야."

황보강이 의아하다는 얼굴로 그를 바라보았다. 그가 제 속을 짐작하고 있다는 걸 놀랍게 여기는 눈치였다.

모용탈이 마주 보고 피식 웃었다.

황보강은 그의 말처럼 제가 원하는 자가 사자로 오기를 바라고 있었다. 그때까지 몇 번이 되었든 모두 돌려보낼 작정이다.

그건 모아합에 대한 시험이기도 했다.

그가 과연 상대의 의도를 제대로 읽을 줄 아는 사람인지. 그렇다면 얼마나 빨리 그렇게 할 수 있는지를 시험해 보는 것이다.

또한 그에게 과연 이쪽과 대화할 의지가 있는 것인지 아닌지를 떠보는 일이기도 하다.

"괘씸한 놈이로다."

두 번째로 쫓겨나 돌아온 사자를 보면서 모아합이 혀를 찼다.

대체 황보강이 무슨 생각을 하고 있는 건지 의아하기만 했다.

사자를 두 번씩이나 쫓아보냈다는 건 이쪽을 철저히 무시하고 조롱하는 짓이었다. 더욱이 한 나라의 왕이 보낸 사자들 아닌가.

황보강의 지독한 오만에 울화통이 터질 것 같았다.

벌컥 화를 내려던 모아합의 눈에 조사경이 언뜻 들어왔다. 군막 한쪽에 두 손을 모으고 공손히 서 있다.

그를 본 순간 모아합의 머릿속에 번갯불이 번쩍하는 것처럼 어떤 생각 하나가 떠올랐다.

모아합이 심각한 얼굴이 되어 멍하니 조사경을 바라보았다. 제 생각 속에 깊이 빠져든다.

한참을 그러고 있던 그가 불쑥 중얼거렸다.

"그래, 바로 그거야. 그놈 참, 허허—"

조사경이 의아하여 바라보지만 모아합은 그것마저 의식하지 못하는 것 같았다.

여전히 제 생각에 깊이 빠져서 다시 중얼거렸다.

"그래, 호랑이를 잡으려는 자가 양을 아까워해서는 안 되겠지."

2. 원수를 갚다

다음날 아침 모아합이 보내는 세 번째 사자가 시종과 함께
배를 타고 유유히 강을 건너왔다.

조사경이었다.

그가 왔다는 보고를 받은 황보강의 얼굴에 비로소 웃음이
떠올랐다.

"황보 장군을 뵈옵니다."

군막으로 안내되어 온 조사경이 머리를 숙이고 예를 갖추
었다.

황보강은 아무 말 없이 이글거리는 눈으로 그를 바라보기
만 했다.

"율해왕 전하의 전갈을 가지고 왔습니다."

"말해라."

"전하께서는 황보 장군께서 장차 어찌할 것인지 알고 싶어
하십니다."

"그대의 생각은 어떤가?"

불쑥 묻는 말에 조사경이 어리둥절하여 바라보았다.

"그대가 율해왕이 아끼는 책사라지? 내가 장차 어떻게 하

리라고 생각하는지 말해보게. 아니, 내가 어떻게 했으면 좋겠는가?"

조사경이 허리를 펴고 빙그레 웃었다.

"소생의 얕은 소견으로 황보 장군께서는 먼 길을 나선 아이와 같다고 생각합니다."

"아이?"

황보강이 의아해했고, 군막 좌우에 늘어서 있는 무장들이 모두 불쾌하다는 기색을 드러냈지만 조사경은 태연했다.

"심부름을 나선 것이니 그것을 시킨 자의 뜻을 이룰 때까지는 돌아갈 수가 없지요."

"결국 그 아이는 소임을 다할 때까지 가는 길을 멈출 수 없겠군?"

"그렇습니다. 그러니 아이에게는 피곤하고 힘든 일이기만 할 것입니다. 이와 같은 심부름을 시킨 자가 야속하다고 생각합니다."

무장들이 모두 화를 내고 노려보지만 조사경은 낯빛 하나 변하지 않았다.

그 배짱과 용기에 감탄하면서 황보강이 다시 물었다.

"그 아이에게 그와 같은 심부름을 시킨 자가 누구라고 생각하는가?"

"운명이지요."

조사경이 즉각 그렇게 대답했다.

"황보 장군에게 운명이란 가혹하고 야속하기만 한 주인이니 장군의 처지가 불쌍할 뿐입니다."

"보자 보자 하니까 이놈이 정말 개 짖는 소리만 하는구나! 여기가 어디이고 제 처지가 어떤 건지도 모르고 지껄이고 있다. 좋아. 뒈지고 나서도 주둥이를 놀릴 수 있는지 봐야겠다!"

황보강은 빙긋 웃었고, 참지 못한 석지란이 칼을 움켜쥐고 나섰다.

한 손을 번쩍 들어 그를 제지한 황보강이 다시 물었다.

"그러면 운명이 나에게 시킨 심부름이라는 게 무엇이라고 생각하는가?"

"그거야 황보 장군께서 소생보다 더 잘 알지 않겠습니까? 소생은 다만 한 가지를 알 뿐이지요."

"말해보게."

"장군께서는 운명에 떠밀려 이 넓은 천하를 달려가지만 욕망의 바다를 건널 수는 없을 것입니다. 남는 건 후회뿐이겠지요."

조사경의 말에는 확신이 담겨 있었다.

황보강이 처음으로 낯을 찌푸렸다.

"그대는 남의 운명을 그처럼 잘 알 수 있으니 그대 자신의 운명이야 말할 것도 없겠군?"

"중이 제 머리는 깎지 못한다고 하지 않습니까? 남의 운명은 짐작해도 정작 제 운명에는 깜깜하니 아직 소생의 도가 부족한 때문이지요."

"그런가? 그렇다면 내가 그대의 운명을 가르쳐 주지."

황보강이 곁에 놓여 있던 칼을 잡았다.

쨍, 하고 그것이 시퍼런 빛을 번쩍이며 칼집에서 벗어났다. 조사경이 깜짝 놀란다.

"장군께서는 지금 무엇을 하려는 것입니까?"

"네 운명은 바로 지금, 이곳에서 내 손에 맡겨졌다. 어떻게 할 것인지는 내가 선택하고 결정하지. 너는 할 수 있는 게 아무것도 없다."

조사경이 비로소 두려운 얼굴로 몸을 물렸다.

"소생이 율해왕의 사자라는 걸 잊은 건 아니겠지요? 소생을 죽이는 건 율해왕을 모독하는 일입니다. 왕께서 진노하면 감당하지 못하실 것입니다."

"어리석은 놈."

황보강이 번쩍이는 칼을 쥐고 성큼 다가섰다. 조사경의 낯빛이 새파랗게 질렸다.

"모아합이 너를 보낸 건 바로 네 목숨을 나에게 화해의 예물로 준다는 뜻이다. 아직도 모르겠느냐?"

"설마, 설마······ 왕께서 그러실 리가 없습니다."

"내가 사자를 두 번이나 돌려보낸 건 바로 너를 보내라는 뜻이었어. 모아합은 눈치가 제법 빠른 편이더군. 내 의중을 읽고 이렇게 너를 보내왔으니 말이다. 너는 현명하고 가슴속에 수많은 계책을 감추고 있으니 그게 무슨 뜻인지 잘 알겠지?"

조사경은 모아합이 저를 버릴 것이라고는 꿈에도 생각해 보지 않았다.

그동안 제가 얼마나 충성을 다했고, 모아합은 또 얼마나 저를 신뢰하고 의지했던가. 그러니 이것은 황보강이 착각을 했거나 아니면 저를 시험해 보려는 것이라고밖에는 생각할 수 없었다.

그러나 황보강의 한마디를 듣고는 그런 생각을 모두 버려야 했다.

"비로소 내 아버지의 원한을 풀어드릴 수 있게 되었구나."

"헛!"

조사경이 헛바람을 들이켰다. 사색이 되어 떨면서 말한다.

"천하를 도모하는 야망을 품은 자라면 죽이고 죽는 일에 무심해야 하는 법입니다. 장군의 선친에 대한 일은 제가 나서서 그렇게 한 게 맞으나 뒤에서 꾸민 건 율해왕입니다. 전장에서 부하가 장수의 명령을 받아 실행하듯 저 또한 그렇게 했을 뿐이니 진정 원수를 처단하려면 제가 아니라 율해왕의 목숨을 취해야 옳을 것입니다."

조사경이 엉덩방아를 찧으며 절망적으로 부르짖었으나 황보강의 칼에는 용서가 없었다.

그것이 번쩍이는 빛을 뿌렸고, 조사경의 머리통이 덧없이 땅에 떨어져 굴렀다.

황보강이 피가 뚝뚝 떨어지는 그것을 주워 들고 들여다보며 말했다.

"네 말에도 일리가 있다. 하지만 그는 아직 멀리 있고, 너는 이렇게 내 앞에 있으니 너부터 죽여야겠지. 네게는 재주가 오히려 해가 되었으니 도가 아니라 덕이 부족했던 탓이다. 의리가 네 세 치 혓바닥만큼만 길었더라도 죽음을 면했을 테니 안타깝구나."

땅바닥에 납작 엎드려 벌벌 떨고 있는 조사경의 시종에게 머리통을 던져 준 황보강이 근엄하게 말했다.

"너는 이것을 율해왕에게 가져다주고 그에게 내 말을 전해라. 비로소 우리가 마주 보고 이야기할 수 있게 되었다고 말이다."

그날 오후, 황보강은 풍옥빈과 백검천, 용장보현만을 대동한 채 군막을 나섰다.

"정말 괜찮단 말이냐?"

모용탈이 걱정스럽게 물었으나 황보강은 태연했다.

풍옥빈 등과 함께 배에 오른 그가 석지란과 모용탈에게 말했다.

"내가 저물녘까지 돌아오지 않으면 그 즉시 병사들을 이끌고 강을 넘어 모아합의 군진을 좌우에서 들이쳐라. 반드시 승리하고 그를 잡아 내 원수를 갚을 수 있게 될 거야."

"어떻게 확신하지?"

석지란의 말에 황보강이 태연히 대답했다.

"속이 좁고 멀리 볼 줄 모르는 자이니 두려워할 게 없지. 당연히 승리할 것이다. 그렇지 않다면 질풍군단은 천하를 횡단할 자격이 없어. 즉시 해체하여 각자 고향으로 돌아가는 게 나을 것이다."

"정말 저래도 되는 걸까?"

강을 건너가는 배를 바라보며 석지란이 조바심으로 발을 굴렀다.

배가 키를 넘는 억새풀 속으로 들어갔다. 좁은 수로를 따라 조금 더 나아가자 배 밑바닥이 진흙 뻘에 닿았다.

억새 속에서 버석거리는 소리가 나더니 나무 발판이 쑥 나와 뱃전에 닿았다. 모아합의 병사들이 여기저기에서 모습을 드러낸다.

하나같이 중무장을 했는데 더러는 활을 쥐고 있는 자도 있었다.

무성한 억새밭 속에 숨듯이 박혀 있는 그들을 둘러본 황보강이 말에 올랐다.

한 번 투레질을 한 말이 나무 발판을 딛고 억새 속으로 걸어 들어갔다. 그 뒤를 풍옥빈과 백검천, 용장보현이 따랐는데 누구도 긴장한 사람이 없었다.

산책을 나온 사람들처럼 태연하게 수많은 병사들 사이를 지나간 그들이 드디어 강둑으로 올라섰다.

아래의 벌판을 내려다본 황보강이 "음ㅡ" 하고 낮은 신음을 흘렸다.

강둑 아래에 펄럭이는 깃발이 숲을 이루고 있었던 것이다. 일만 명은 족히 되어 보이는 기병들이었다. 철갑으로 무장한 적운기의 용사들이다.

오만 대군의 선봉으로 나선 자들이 틀림없다.

그들은 마치 네 명에 불과한 황보강 일행을 맞아 목숨을 걸고 싸우기 위해 나온 자들 같았다.

엄숙하게 진을 벌리고 서 있는 기병들을 보면서 황보강은 감탄하지 않을 수 없었다. 말과 병사가 하나같이 씩씩하고 용맹한 기상을 자랑하고 있었던 것이다.

과연 무적군단이면서 사막과 초원의 질풍신으로 불리기에 부족함이 없는 자들이라는 생각이 든다.

그들을 바라보는 동안 황보강의 가슴 깊은 곳에서 맹렬한 투지와 함께 적의와 분노가 고개를 들었다.

'바로 저놈들이었다.'

그는 척망평(尺忘坪)의 대전을 지금도 똑똑히 기억하고 있었다. 결코 잊을 수 없다.

총사령 도울 각하의 참장으로서 귀호대를 이끌고 마지막 전투를 치렀던 그곳.

그때도 모아합은 적운기를 거느리고 있었다.

국운을 건 척망평의 일전에서 도울 각하의 충의군은 저놈들에 의해 전멸을 당하다시피 하지 않았던가.

다시 생각해도 뼈아픈 패배였다.

지금 이곳에 와 있는 저자들 속에는 그때 척망평에서 칼을 부딪쳤던 놈도 있을지 모른다.

황보강이 그런 생각에 빠져 적운기의 기병들을 바라보고 있는데 쿵, 하고 웅장한 북소리가 울렸다.

그 즉시 일만 기병들이 한 몸처럼 좌우로 갈라지고 그들 복판에 자리 잡고 있던 군막이 드러났다.

모아합이 다섯 무장의 호위를 받으며 거만하게 걸어나오는 게 멀리 보인다.

비로소 황보강이 천천히 말을 몰아 강둑을 내려가기 시작
했다.

그의 좌우에 풍옥빈과 백검천이 따랐고, 용장보현은 뒤를
지켰다.

모아합은 군진 앞에 우뚝 서서 다가오고 있는 황보강을 바
라보았다.

만감이 교차한다.

귀호대를 이끌고 악귀처럼 척망평을 치달리던 그의 모습
이 떠올랐다.

포로가 된 몸으로 무투장에서 거리낌없이 황제의 근위병
들을 도륙하던 모습과 지금 저렇게 의젓하게 다가오고 있는
모습이 겹쳐져 혼란스럽기도 했다.

일만의 기병들 한가운데를 느릿느릿 걸어 다가오는 황보
강은 조금도 위축되어 있지 않았다.

빽빽한 소나무 숲을 유유히 거니는 사람 같다.

드디어 그가 앞에 섰다.

"대단하군. 역시 그대의 배짱에는 언제나 감탄하지 않을
수 없단 말이야. 하하하―"

모아합이 과장된 웃음을 터뜨리며 두 팔을 활짝 벌렸다.

3. 곰과 호랑이의 만남

"나는 지금이라도 너를 죽일 수 있다."

"나는 장차 당신의 목을 쳐서 척망평의 원혼들 앞에 제를 올릴 것이오."

"네 목숨이 지금 내 수중에 있는데 장차라는 말을 하고 있으니 우습구나."

"누가 누구의 목을 치는 게 빠를 것 같소?"

"물론 내가 빠르겠지. 내 곁에는 다섯 명의 무장이 있고, 군막 밖에는 일만의 적운기가 있다."

"군막 안의 일을 해결하는 데에는 내가 몇 배 빠를 것이라고 장담하오."

그 말에 모아합이 풍옥빈 등을 유심히 바라보았다.

그는 황보강이 겁도 없이 고작 세 명의 호위무사만을 대동하고 찾아온 걸 의아해하고 있었다.

그들 세 명이 무엇을 할 수 있을 것인가, 하는 생각에 느긋해졌는데 황보강의 말을 듣고서는 다시 의아해질 수밖에 없었다.

모아합이 빙긋 웃었다.

"네 말대로라면 지금은 내 목숨이 네 손에 있다고 해야 옳겠군?"

"그렇소. 당신은 나와 너무 가까이 있으니 방심한 것이겠지."

모아합은 이제 제 생각이 틀렸다는 걸 인정했다. 풍옥빈 등세 사람이 인세에 보기 드문 검객들일 것이라는 판단이 선 것이다.

'그렇지 않고서야 저놈이 이처럼 태연할 수 없지 않은가.'

황보강의 행동에 더욱 의심을 갖는 한편 머릿속으로 싸움이 벌어졌을 때의 일을 그려보았다.

전장이 아니라 일대일의 싸움이라면 강호의 검객과 무장과는 차이가 있을 수밖에 없다.

풍옥빈 등이 절정의 검객들이라면 다섯 명의 무장은 상대조차 되지 않을 게 틀림없다. 게다가 사방이 막힌 군막 안 아닌가.

비명조차 지를 새가 없을지도 모른다.

'저자들이 호위무장들을 벨 때 마주 앉은 이놈이 칼을 뽑아 후려쳐 온다면……'

아차, 하는 순간에 위험하기 짝이 없는 처지가 될 것을 생각하자 가슴이 서늘해졌다.

결국 황보강 등은 군막 밖에 있는 기병들에 의해 몰살을 당하겠지만 그전에 자신의 목이 떨어질 것이다.

'죽고 나서야 다 소용없지.'

생각을 마친 모아합이 빙긋 웃으며 차를 권했다.

"다만 길을 빌려달라는 것뿐이란 말이지?"

"그렇소."

"너는 내가 그렇게 할 것이라고 단단히 믿는 모양이구나?"

"당신의 심중이야 알 수 없지. 하지만 당신이 가지고 있는 야망이 무엇인지는 짐작할 수 있소."

"말해보아라."

"천하."

대뜸 던지는 말에 모아합이 상체를 물리고 "으음—" 하는 침음성을 흘렸다.

황보강이 다시 말했다.

"당신의 흉중에는 대황국의 황제가 되려는 꿈이 도사리고 있지. 이제는 그럴 만하다고 여기는 것이오. 그렇지 않소?"

"무엄하구나."

호위무장이 칼자루를 쥐며 노성을 터뜨렸으나 황보강은 개의치 않았다.

"사량격발이 노쇠하여 판단력이 흐려지고 기력이 떨어졌으니 천하는 바야흐로 주인 없는 땅이 되기 직전이지. 이런 때에 누가 당신과 같은 야망을 품지 않겠소?"

"그렇다면 너도 야망을 품은 자이겠군?"

"나는 천하에 관심이 없소."

"어째서?"

"나는 다만 두 가지를 원할 뿐이오. 사량격발의 목과 암흑
존자의 목."

"그런 다음에는?"

"고향으로 돌아가겠소."

모아합이 이글거리는 눈으로 황보강을 뚫어지게 바라보았
다.

"척망평의 일은? 너는 그 원한도 갚지 않겠단 말이냐?"

"당신이 나에게 도움을 준다면 그것과 상쇄시킬 의향이 있
소."

"으음—"

"당신은 이미 속으로 내가 그렇게 말하리라는 걸 짐작하고
있지 않았소?"

"어째서 그렇게 생각하느냐?"

"나와 싸울 의향이 없으니까. 천하가 눈앞에 있는데 위험
한 모험을 하고 싶지 않은 것이지."

"으음—"

"내가 더 증명해 주기를 원하시오?"

"듣고 싶다."

"당신은 나에 의해 대황국이 무너지기를 간절히 바라고 있기도 하겠지. 자신은 차마 그럴 수 없으니까 말이오. 그러니 당신에게는 내가 적운기를 대신하는 고마운 사람 아니겠소?"

"핫하하하—"

모아합이 의자의 팔걸이를 두드리며 크게 웃었다.

"좋다!"

한마디로 시원스럽게 결정을 내린 그가 덧붙였다.

"내 나라를 지나는 동안 모든 지원을 다 해주겠다. 원하는 게 있으면 무엇이든 말만 해."

그리고는 부장을 소리쳐 부르더니 그에게 명령했다.

"각 성과 영주, 호족들에게 즉시 명을 전해라. 황보강과 그의 질풍군단이 통과하는 동안 그들이 요구하는 건 무엇이든 아낌없이 내주라고 해."

부장이 명을 받고 나가자 모아합이 은근한 얼굴로 황보강에게 말했다.

"오늘 밤은 여기서 마음껏 먹고 마시자. 밤새 이야기를 나누고 싶구나."

"그럴 수 없소이다."

"어째서?"

"해가 떨어질 때까지 내가 돌아가지 않으면 석지란과 모용탈이 모든 병사들을 이끌고 즉시 쳐들어올 것이오."

"응? 그래서는 안 되지. 그렇다면 어서 가봐라. 가봐."

모아합이 손사래를 쳤다.

*　　　　*　　　　*

"이렇게 될 것을 이미 짐작하고 있었군?"

석지란이 신이 나서 소리쳤다.

황보강이 그와 모용탈을 돌아보며 웃었다.

"내가 말했지 않느냐? 병사 한 명도 잃지 않고 태연히 모아
합의 적운기 앞을 지나갈 것이라고 말이다."

군진으로 돌아온 황보강은 날이 저무는 걸 상관하지 않고
즉시 명을 내려 대군으로 하여금 강을 건너게 했다.

오만 대군이 도하하는 데 조금의 어수선함도 없었다.

그리고 모아합의 일만 적운기를 보며 나아가고 있는 중이
었다.

"자, 가자. 우리가 왜 질풍군단으로 불리는지 저놈들에게
똑똑히 보여준다!"

황보강이 소리쳤고, 부장들이 즉시 그의 군령을 받아 각 군
진으로 달려갔다.

이내 선두를 맡은 강대걸과 그의 일만 기마군단이 전속력

으로 질주하기 시작했다.

그 뒤로 중군을 이룬 황보강의 이만 기마군단이 긴 줄을 이루어 질주하고, 좌우로 빠진 석지란과 모용탈이 각기 일만의 기마군단을 이끌고 무섭게 질주하기 시작했다.

우두두두—

말발굽 소리가 천둥소리처럼 천지간에 가득해지고 드넓은 벌판이 진동했다.

그들 오만의 기마군단이 바람처럼 내닫는 걸 바라보던 모아합이 머리를 흔들었다.

"저 기세가 정말 부럽구나. 천하에 저들을 막을 수 있는 자는 아무도 없을 거야."

대황국의 운명이 눈에 보인다는 듯 그가 한숨을 내쉬었다.

도울의 십만 충의군과 조우했던 척망평의 일전 때에만 해도 모아합은 힘이 넘쳐 나는 장년의 무장이었다. 그런데 지금 한숨을 쉬는 그의 얼굴에는 주름의 골이 깊게 파여 있었다.

세월은 황제 사량격발뿐 아니라 모아합의 젊음마저 빠르게 갉아먹고 있었던 것이다.

하루에 천 리를 달릴 것 같은 기세로 황보강의 질풍군단은 소황국을 가로질러 북으로 치달았다.

모든 성은 그들이 십 리 밖에 이르기 무섭게 성문을 활짝 열고 거리를 텅 비워두었다.

황보강은 여전히 사흘에 한 번씩 군량을 공급받고 지친 말을 바꾸었을 뿐 다른 건 아무것도 요구하지 않았다.

질풍군단은 그야말로 질풍의 정령들이 된 것 같았다.

말은 언제나 힘이 넘쳐 났다. 조금만 지친 것 같은 기색이 보여도 다음 성에서 즉시 건장한 전마로 교체했던 것이다.

그 말을 몰고 있는 오만의 기병들은 하나같이 말과 한 몸이 되어 질주했다. 사기가 하늘을 찌를 것처럼 드높아 멀리서도 그들의 굉장한 모습을 보면 누구나 가슴이 떨려올 지경이었다.

파죽지세로 보름을 그렇게 달려 소황국의 깊숙한 곳에 이르렀다.

그날 밤 황보강은 맥적평(麥積坪)이라는 넓은 벌판에 군진을 벌리고 병사들을 쉬게 했다.

가을보리의 추수가 끝난 뒤라 벌판은 황량하기만 했다.

저물어가는 석양빛 속에 검게 누워 있는 큰 산을 바라보던 황보강이 낮게 한숨을 쉬었다.

'저것이 아라얼산이다.'

황보강은 멀리서도 그 산을 알아볼 수 있었다.

바로 그 아래 남쪽 골짜기를 지나면 거기 가화촌(歌華村)이 있다. 젖먹이였을 때 아버지의 품에 안겨 들어와 장성할 때까지 자란 곳이다.

아버지는 마을에서 떨어진 언덕 위에 도화나무를 심고 정자를 지었다.

그 후로 한 발짝도 그곳에서 벗어나지 않은 채 한가롭게 구름을 보고 거문고를 뜯으며 노래를 불렀다.

봄이면 복사꽃이 만발하여 붉은 구름이 내려앉은 것처럼 온통 언덕을 덮지 않았던가.

그래서 사람들이 도유강(桃柔崗)이라고 불렀던 그곳이 눈에 잡힐 듯 선했다.

황보강에게 가화촌은 고향이라고 해도 과언이 아니었다. 도유강이 있고, 아버지와의 추억이 있기 때문이다.

여기서 한나절 길이었다. 잠시 시간을 내어 들러볼 수도 있다.

그 사람들은 여전히 거기 있을 것이다. 가화촌 밖의 세상을 모르는 사람들 아니던가. 모두가 가족들처럼 친근하고 정이 두터웠다.

점점 어둠에 잠겨가는 아라얼산(牙羅坌山)을 바라보면서 황보강은 거기 있던 사람들의 얼굴을 하나하나 떠올려 보았다.

그리움에 새삼 가슴이 떨려온다.

4. 그녀를 만나다

지나간 시간을 되돌릴 수는 없다.

앞에 있는 시간을 끌어당길 수도 없다.

시간이라는 흐름 앞에서 나는 그저 흘러갈 뿐이다.

사람들이 그것을 두고 덧없다고 말하는 건 지나간 날들을 안타까워하기 때문이다.

그것을 무심하다고 하는 건 아직 오지 않은 날에 대한 갈망 때문이다.

강물에 실려 있는 나뭇잎 같은 존재.

그러므로 시간 앞에서 내가 할 수 있는 일은 아무것도 없다. 그저 흘러갈 뿐.

황보강은 그렇게 저의 흘러간 시간들을 추억하고 있었다.

풍옥빈도 같은 심정인지 모른다.

그렇기에 그 또한 황보강과 같이 저 앞에 우뚝 솟아 있는 커다란 산을 말없이 바라보고 있는 것이리라.

천호천산(千虎天山).

천 마리의 호랑이가 살았다는 크고 깊은 산.

아라얼산을 두고 맥적평을 떠나 다시 사흘을 질풍이 되어 달려온 황보강은 모량산(母良山) 기슭에서 진군을 멈추었다.

골짜기와 벌판에 진을 벌리게 하고 자신은 풍옥빈과 함께 언덕에 올라 저 멀리 천호천산을 바라보고 있었다.

저 산에서 풍옥빈과 처음 만났고 호신을 만났으며, 그곳에 있는 적망대공 나하순의 성에서 한동안 머물러 있지 않았던가.

그리고 언제나 그것들과 함께 있는 또 하나의 기억. 그리고 한 사람의 이름이 있었다.

호명촌(虎鳴村).

밤이면 호랑이의 포효가 들려왔고, 호식(虎食)을 당한 사람들이 있던 궁벽한 마을.

황보강은 그 호명촌을 떠올릴 때마다 가슴에 아릿한 아픔을 느끼곤 했다.

추억의 아픔이다.

그리고 그리움인지도 모른다.

그곳은 대황국에서 풀려나 악몽들에게 쫓기며 만신창이가 된 몸으로 숨어들었던 마을이었다.

그 마을에서 제 인생의 첫 은인을 만나기도 했다.

진가경(陳加慶). 진 노인.

어쩌면 이름도 모를 산골짜기나 벌판에 쓰러져 덧없이 죽었을지도 모르는 목숨을 구해주었던 사람이다.

그리고 애틋한 사랑의 감정을 수줍어하며 건네준 한 여인도 있다.

소망.

진 노인의 마지막 남은 혈육.

정만큼이나 수줍음이 많던 아름다운 아가씨.

눈길이 마주치면 언제나 볼을 빨갛게 붉혔지만 때로는 제가 먼저 손을 잡기도 했다.

저물어가는 하늘을 보며 나란히 앉아 있던 날, 어깨에 살며시 머리를 기대오던 그녀의 모습을 잊을 수 없다.

가만히 안아주었을 때 온몸에 전해져 오던 따뜻하고 부드러운 그 질감을 잊을 수 없다.

그러나 그것뿐이었다.

황보강은 더 이상 아무것도 할 수 없었고, 소망은 그것을 서운해하고 원망했지만 차마 말하지 못했다.

"돌아올 거지요?"

간절하게 하던 그 말이 지금도 귓전에 윙윙 울린다.

황보강은 그러마고 약속해 주지 못했다.

지금도 그랬다.

저기 저렇게 솟아 있는 천호천산을 바라보고 호명촌을 생각하지만, 그녀에게로 돌아갈 수가 없다.

"하루 길이다."

풍옥빈이 혼자서 중얼거리듯 말했다.

제 상념에 잠겨 있던 황보강이 깜짝 놀라 그를 돌아보았다.

"웅? 지금 뭐라고 했습니까?"

"저곳."

풍옥빈이 손을 들어 천호천산을 가리켰다.

"다녀오고 싶다."

"호신의 동굴이 그리워진 겁니까?"

"너는 그립지 않으냐? 그 마을이, 적송망의 성이."

"그립습니다."

"그렇겠지."

풍옥빈이 고개를 끄덕였다. 그답지 않게 울적해 보이는 얼굴이어서 황보강의 낯빛도 어두워졌다.

"저곳에서 풍 형을 처음 만났지요. 그때는 참 무서웠습니다."

황보강이 화제를 돌리려 했지만 그건 오히려 풍옥빈의 결심을 굳혀준 결과만 되고 말았다.

"가보자."

풍옥빈이 황보강의 손을 잡았다.

"갑자기 왜 그러시는 겁니까?"

"모량산은 골짜기가 깊고 언덕이 높으며 앞의 벌판에는 맑은 물이 흐르고 있으니 너의 오만 기마군단이 며칠 쉬기에 충분한 곳이다. 그동안 우리는 잠깐 저곳에 다녀오자."

하긴, 병사들도 말들도 며칠 쉬게 할 필요가 있다.

거의 한 달 가까이 쉴 새 없이 질주해 오지 않았던가.

이제는 대황국과의 국경이 멀지 않다.

사흘만 더 가면 도착할 테니 이곳에서 전열을 정비하는 것
도 좋을 것이다.

황보강이 그렇게 생각하는 건 역시 그의 마음에도 추억 속
의 그곳에 찾아가 보고 싶다는 갈망이 깃들어 있다는 증거였
다.

                    *   *   *

적망대공(赤邙大公) 나하순(羅夏淳).

적송망(赤松邙)의 성에 웅거하며 효웅의 뜻을 품고 있던
자.

제 영지 내의 백성들을 혹독하게 다루면서도 그것이 정당
하다고 믿던 오만한 귀족.

한때 풍옥빈을 호위무사로 거느렸고, 그의 뒤를 이어 황보
강을 받아들였던 사람.

청화륜을 계략으로 사로잡았던 자.

그의 무장 중 한 사람이었던 호장충이 지금은 귀호대의 대
장이 되어 석지란, 모용탈 등과 어깨를 나란히 하고 있지 않

은가.

황보강은 적망대공과의 인연이 이처럼 깊다는 걸 새삼 느끼고 쓴웃음을 지었다.

음흉한 야망을 숨기고 사량격발과 모아합에게 한껏 몸을 낮추고 있던 자가 지금은 황보강의 손을 잡고 있었다.

종들을 재촉하여 급히 수레를 모는 중에 말 머리를 나란히 하고 달려오는 풍옥빈과 황보강을 만나게 된 것이다.

그는 질풍군단이 제 영토에 들어와 멈추었다는 보고를 받은 즉시 성을 나와 달려오던 길이었다. 황보강을 잠깐이라도 보기 위해서였다.

황보강과 저와의 인연을 온 세상에 알리고 싶었던 것이리라.

황보강은 이제 완연한 노인의 티가 나는 적망대공을 마주보며 감회가 새로웠다.

"그대가 이처럼 큰 성취를 이루고 대장군이 되어 돌아왔으니 나의 영광이 아닐 수 없소이다."

"성주께서는 그간 안녕하셨소?"

"하하, 나날이 늙어가는 몸을 주체하기 벅찬 지경이 되었는데 안녕이 무슨 상관이겠소? 자, 자, 마침 내 성을 찾아오는 길이었다니 어서 갑시다."

나하순은 세상을 떠들썩하게 하고 있는 황보강이 이렇게

저를 잊지 않고 찾아오는 길이었다는 게 반갑기 짝이 없었다.

"이대로 내 영지를 지나갔더라면 나는 서운해서 죽어도 눈을 감지 못했을 것이외다."

나하순이 과장되게 웃으며 너스레를 떨었다.

천하를 평정할 영웅으로 부각되고 있는 황보강이 시간을 내어 찾아왔다는 걸 세상이 알면 저를 무시할 자가 아무도 없을 것이다.

그 생각만으로도 나하순은 어깨에 힘이 들어갔다. 마치 제가 황보강의 후견인이고, 그를 제 손으로 키워낸 것 같았다.

한 손에는 황보강을, 한 손에는 풍옥빈의 손을 잡고 성으로 돌아온 나하순은 싱글벙글 어쩔 줄을 몰라 했다.

"자, 잔치다! 가장 좋은 음식과 술을 내와라!"

종들을 다그친 그가 다시 소리쳤다.

"성에 있는 소와 돼지를 남김없이 잡아라! 모량산에 머물러 있는 오만의 병사들이 모두 배불리 먹을 수 있어야 한다! 부족하면 백성들에게서라도 공출해 와! 밤이 되기 전에 질풍 군단의 진중으로 술과 고기를 보내야 한다! 우리가 여기서 저녁을 먹을 때 황보 장군의 기병들 또한 그렇게 해야 해!"

나하순의 호통에 종들이 이리저리 정신없이 뛰었고 성에 있는 모든 병사들이 가축들을 끌어내고 잡느라고 전쟁이라도 닥친 것처럼 허둥지둥했다.

황보강과 풍옥빈은 쓴웃음을 짓지 않을 수 없었다. 그의 성품이 여전했기 때문이다.

어느덧 날이 저물었고, 나하순이 베푼 환영의 만찬도 끝나갈 즈음 황보강이 넌지시 물었다.

"한 사람의 안부가 궁금하오만?"

"누구? 내 성에 있는 사람이라면 어서 말씀하시게."

"진 노인을 기억하시지요?"

"핫하하— 내 그럴 줄 알았지. 여봐라!"

기다리고 있었다는 듯 나하순이 소리치자 즉시 시종이 밖으로 달려나갔다. 그리고 차 한 잔 마실 만한 시간이 채 되지 않아서 한 사람을 데리고 돌아왔다.

황보강이 벌떡 자리에서 일어났다.

이제는 몸의 기력이 다하여 이승에 있을 날이 얼마 되지 않아 보이는 노인이 한 여인의 부축을 받으며 들어오고 있었던 것이다.

한눈에 진 노인과 소망이라는 걸 알아볼 수 있었다.

황보강이 뛰듯이 다가가 진 노인의 주름진 손을 움켜쥐었다.

"저를 알아보시겠습니까?"

"이 사람……."

노인의 짓무른 눈에 눈물이 고였다.

"돌아와 주었군. 돌아왔어. 고맙네. 정말 고마워. 나 같은 늙은이쯤 까맣게 잊어도 좋은데……."

"제가 어찌 잊을 수 있겠습니까?"

"고맙네, 고마워……."

황보강의 눈길이 비로소 아가씨, 소망에게로 향했다. 그녀는 고개를 푹, 숙인 채 얼굴이 빨갛게 달아올라서 입술만 잘근잘근 깨물고 있었다.

이렇게 손을 꼭 잡고 걸으면 그 시간을 거슬러 올라갈 수 있을 것만 같다.

막 피어나는 꽃봉오리 같던 그녀의 모습도 어느덧 완숙한 여인의 그것으로 변해 있었다.

황보강의 기억 속에서 제 어깨에 살며시 머리를 기대어오던 그녀는 아직 풋풋한 냄새가 풍겨 나오는 스무 살 남짓의 아가씨였다.

그때와 지금과의 모습 사이에 가로놓여 있는 시간의 벽을 생각하자 가슴이 아파왔다.

달빛이 밝게 빛나고 밤이슬이 내리는 언덕에 그들은 어깨를 나란히 하고 앉아 어둠을 바라보고 있었다.

이때만큼은 황보강의 가슴에 따뜻하고 부드러우며 안타까운 감정이 물결칠 뿐, 전장을 생각하는 긴장은 모두 사라지고 없었다.

"돌아오시리라고 믿었어요."

"미안해."

황보강이 소망의 손을 잡았다. 소망이 고개를 숙였다.

"언제가 되었든 꼭 돌아오시리라고 믿었답니다. 그때까지 이곳에서 기다리려고 했어요."

"날이 밝으면 나는 또 떠나야 한다."

"알고 있어요."

소망의 말속에 울음이 깃들었다.

그녀가 황보강의 팔을 잡고 단단한 어깨에 살며시 머리를 기댔다.

풋풋한 채취가 밤이슬에 젖은 풀잎의 냄새처럼 가슴 깊은 곳으로 스며들었다.

"그래도 또다시 돌아오실 거죠?"

"……."

황보강은 선뜻 그러마고 약속해 줄 수 없었다.

이제 이곳을 떠나 대황국의 국경을 넘으면 상황이 어떻게 변할지 모른다.

살아서 돌아오겠노라고 장담할 수 없는 것이다.

어쩌면 그곳에서 모두 죽게 될지도 모른다.

정인의 침묵 속에서 소망도 그의 그런 마음을 느낀 것 같았다.

"돌아오시지 않아도 좋아요. 하지만 그러겠노라고 약속해 주세요. 그러면 충분해요. 저는 죽어서도 그 약속을 붙들고 기다릴 수 있어요."

그녀의 말에 황보강은 가슴이 걷잡을 수 없이 뜨거워졌다. 여인의 말 한마디가 칼보다도 창보다도 더 고통스럽다는 걸 처음 느낀다.

황보강이 소망을 와락 끌어안고 열에 들뜬 사람처럼 뜨겁게 속삭였다.

"약속할게. 살아서 돌아오지 못하면 죽어 혼령이 되어서라도 반드시 네게로 돌아오겠어."

"됐어요. 이젠 됐어요. 더 이상 아무 말 하지 않아도 돼요."

소망이 더욱 황보강의 가슴속으로 파고들었다. 어깨를 가늘게 떤다.

달은 머리 위를 지나 저만큼 멀어져 갔고, 풀벌레 소리들도 멎었다.

젖은 이슬이 두 사람의 몸을 부드럽게 어루만졌다.

멀리서 새벽이 다가오고 있는지 풀 냄새가 더욱 짙어지는 무렵이었다.

第六章

통쾌한 일전(一戰)

1. 운명을 알다

한 사람이 찾아왔다.

꿈을 꾸고 있어도 그가 온 건 느낄 수 있다.

"눈을 떠라."

언제던가. 그와 똑같은 음성을, 그리고 그 말을 들어본 적
이……

"눈을 떠라."

그 사람이 다시 그 말로 잠을 깨운다.

'그렇지. 바로 대황국의 뇌옥 안에서였어. 그가 또 찾아왔
군.'

포로가 되어 지독한 꼴을 당하고 있을 때 그가 찾아왔었다는 걸 기억해 냈다. 그리고 눈을 뜨라는 말로 깊이 잠들어 있던 저를 깨우지 않았던가.

단지 잠에서 깨어나라는 건지, 감겨 있는 영혼의 눈을 뜨라는 건지 모호한 말.

"눈을 떠라."

세 번째로 그 말을 들었을 때에야 황보강이 힘겹게 눈을 떴다.

군막 안이었다.

어둠이 사방을 옥죄고 있다.

그 어둠 속에 흰옷을 입은 사람이 서서 내려다보고 있었다.

손을 내민다.

"선인?"

황보강이 눈을 비볐다.

"정말 당신이십니까? 내가 지금 꿈을 꾸고 있는 것입니까?"

나운선인이었다.

다시 찾아온 것이다. 두 번째다.

"이제 약속을 지킬 때가 되었다."

"약속이라니요?"

황보강이 어리둥절해서 둘러보았다. 틀림없는 자신의 군

막 안이었다.

저쪽에 풍옥빈과 백검천, 용장보현이 누워 있지 않은가. 그들은 낮게 코를 골며 여전히 깊은 잠에 빠져 있었다.

나운선인이 다정하게 말했다.

"벌써 잊었느냐? 금위영의 뇌옥 안에서 나와 했던 약속을 말이다."

"뇌옥⋯⋯."

그때의 일을 기억해 낸 황보강이 "아!" 하고 탄성을 터뜨렸다.

"천하의 운명이 네 손에 쥐어졌을 때, 그때는 네가 나를 자유롭게 해주는 것이다."

뇌옥으로 찾아온 나운선인은 그렇게 말했었다.

황보강이 그러마고 약속한 대가로 선인은 그에게 무상검의 마지막 초식을 가르쳐 주었고, 단조영을 보내 악몽들로부터 보호해 주었다.

"잊지 않았지요. 기억하고 있습니다."

황보강이 크게 고개를 끄덕였다. 선인의 얼굴에 미소가 떠오른다.

"그래, 이제 그 약속을 지켜야 한다."

"선인께서는 지금이 그 때라고 말씀하시는 겁니까?"

황보강은 어리둥절했다.

아직 대황국의 국경을 넘어서지도 않았다.

황제 사량격발을 잡고 대황국을 무너뜨려야 비로소 천하의 운명을 쥐게 되었다고 할 수 있을 것이다. 그러기 전에는 아무것도 아니지 않은가.

선인이 한숨을 쉬더니 말했다. 슬픈 어조였다.

"황제의 명은 이제 다 끝났다."

황보강이 깜짝 놀라 소리쳤다.

"그가 죽는단 말입니까?"

"운이 다했으니 애석한 일이지."

"나는 그가 그렇게 죽는 걸 바라지 않습니다. 그는 내 손으로 끝내야 합니다."

대황국의 도성은 국경을 넘어 일천 리 떨어진 곳에 있었다.

이곳에서 국경까지 이틀은 걸릴 것이니 더욱 서둘러야 한다는 생각에 조급해진 황보강이 발을 굴렀다.

"빌어먹을!"

황제의 숨이 끊어지고 나면 대황국은 사분오열되고 머지않아 사라져 버릴 것이다. 그렇게 되면 지금까지 죽어라 하고 달려온 일이 허무해질 것이라는 생각에 분한 마음이 되었다.

나운선인은 그런 황보강을 물끄러미 바라보고 있었다. 약속을 지키라는 무언의 재촉이기도 하다.

황보강이 다급하게 말했다.

"제가 무엇을, 어떻게 해야 하는 건지 가르쳐 주십시오."

"암흑존자의 야망을 꺾어라. 그가 아직 헛된 꿈을 가지고 세상에 머물러 있기에 나 또한 떠날 수 없는 것이니 자유롭지 못한 거지."

"그렇다면 선인과의 약속을 지키기 위해서라도 암흑존자를 죽여야겠군요."

나운선인이 한숨을 쉬었다.

"너는 그를 죽일 수 없느니라. 그게 네가 타고난 운명이다. 하지만 그의 성취를 가로막을 수는 있지."

"용의 꼬리를 물어뜯는다는 건 그런 의미였습니까?"

"그렇다. 그는 어둠으로 세상을 다스리길 원하지. 그건 도의 참모습이 아니다. 그는 변질된 거야."

"선인의 능력으로 그것을 막을 수 없단 말입니까?"

"나와 암흑존자는 다 같이 도에서 나왔기에 서로를 해칠 수가 없다. 균형을 깨뜨려서는 안 되는 것이야."

"하지만 암흑존자는 그렇게 하려고 하지 않습니까?"

"그래서 네가 필요한 것이다. 그를 제어하려면 중간자가 필요하지. 그게 호랑이라는 말로 표현된 의미다."

"중간자……."

황보강은 풍옥빈도 그 말을 했다는 걸 기억해 냈다. 그는 도를 이루어 중간자가 되기를 원하고 있지 않던가. 백검천도, 용장보현도 마찬가지일 것이다.

　그런데 자기가 바로 그런 자라니 의아하지 않을 수 없었다.

　'나는 한 번도 도라는 것을 수양한 적이 없지 않은가?'

　"너의 본질이다. 도를 탄생시킨 알 수 없는 그것이 준비해 놓은 것이지."

　"언제 그렇게 했단 말입니까?"

　"알 수 없지. 수백, 아니, 수천 세대 전부터일 수도 있고, 도가 탄생되던 그 순간이었을 수도 있다."

　황보강은 나운선인의 말을 당최 이해할 수 없었다. 받아들이기 힘들다.

　"암흑존자도 그걸 알았다. 운명적인 너의 힘 앞에서 황제가 무기력해질 수밖에 없다는 걸 알았지. 그리고 네가 제 욕망의 가장 큰 걸림돌이 되리라는 걸 안 것이다. 그래서 그는 황제 대신 너를 택한 것이야. 반드시 죽이려고 할 것이다."

　"제 주검을 취해 그것에서 영혼을 빼앗아가려는 것이겠군요."

　"그렇다. 너는 이미 한 번 겪어보았으니 누구보다 잘 알겠구나."

　척망평의 싸움에서 패하고 무정하에서 '고통'이라는 놈에게 사로잡혀 갔던 일을 잊을 수 없다.

어디인지도 알 수 없는 뇌옥 안에서 스물두 번이나 죽었다가 다시 살아나지 않았던가.

암흑존자는 매번 황보강을 살려내면서 그때마다 커지는 절망을 빼앗아가려고 했다.

그러나 그는 아무것도 가져가지 못했다. 다시 살아날 때마다 황보강이 더 굳세게 움켜쥔 건 절망 대신 분노였기 때문이다.

그렇다면 이번에도 마찬가지일 것이라고 황보강은 자신했다.

천 번을 더 죽어도 제가 암흑존자에게 줄 수 있는 건 절망이 아니라 증오와 분노뿐인 것이다.

"그를 죽이겠습니다. 그래서 선인과의 약속을 지키도록 하지요."

나운선인이 밝게 웃었다.

"곧 그와 만나게 될 것이다. 그는 무정하에서 너와 결판을 짓고 싶어 하니까."

"무정하……."

황보강이 낯을 찌푸렸다.

그곳이 어디에 있는지, 어떻게 찾아가야 하는 건지 모르는 것이다.

한때 그곳에 다시 가보기 위해 만나는 사람마다 붙잡고 물어보았지만 아무도 그런 곳이 있다는 걸 믿지 않았다.

과연 그곳이 이 세상에 있는 곳인지 의심스럽다.

그러나 있다는 걸 황보강은 똑똑히 알고 있었다.

"그가 너를 그곳으로 이끌 것이다."

나운선인의 모습이 흐려지더니 안개가 증발하듯 허공중에 흩어져 사라졌다.

"아!"

황보강이 놀란 외침을 터뜨리며 눈을 떴다.

꿈이었다.

"무슨 일이냐?"

풍옥빈과 백검천, 용장보현이 일제히 몸을 일으켰다.

그들을 멍하니 바라보던 황보강이 탄식하고 머리를 가로저었다.

2. 각성(覺醒)의 괴로움

황보강은 새벽이 되기 무섭게 병사들을 재촉하여 진군 준비를 하게 했다.

왜 이렇게 서두르는 건지 이유를 묻는 풍옥빈에게 황보강이 어젯밤의 꿈 이야기를 해주었다.

"선인은 어째서 스스로의 능력으로 황제를 바꾸어놓지 않았을까요? 어째서 암흑존자의 이탈을 막지 못했을까요?"

풍옥빈이 심각한 얼굴을 했다.

"선인과 암흑존자도 운명을 지배할 수는 없다. 도 이전에 이미 있었고, 이후에도 영원히 존재할 '무엇' 이 한 일이기 때문이다."

"대체 그 빌어먹을 '무엇' 의 정체가 뭐란 말입니까?"

"누구도 알 수 없지. 그러나 그것에서 도가 생겨났고 우주 만상이 생겨났으며 결코 깨어지지 않을 조화와 질서가 생겨났으니 그 '무엇' 이란 어머니의 자궁과도 같은 것이라고 해야 할 것이다."

황보강이 한숨을 쉬었다.

나운선인의 말처럼 풍옥빈의 말도 이해할 수 없었던 것이다.

"그 '무엇' 에 의해서 운명이라는 게 생겨났고, 그래서 이미 모든 게 그렇게 되도록 정해져 있는 것이라면 세상을 살아가는 의미가 있겠습니까? 내 의지라는 게 가치가 있겠습니까?"

"그것을 알고 사는 삶은 그래서 괴롭게 마련이다. 모르고 사는 삶이 훨씬 행복하고 가치있지."

"제기랄, 그렇다면 도는 무엇 때문에 닦습니까? 그냥 장삼

이사로 뒤섞여 사는 게 행복할 텐데 말입니다."

"알았기 때문이지."

"운명이라는 게 있다는 걸 알았기 때문이라고요?"

"그렇다. 그러므로 그것을 안 괴로움에서 벗어나고 싶지 않겠느냐? 극복하고 싶지 않겠느냐?"

황보강이 답답함으로 제 가슴을 두드리지만 풍옥빈은 담담하기만 했다.

황보강은 어렴풋이 풍옥빈과 백검천이 도를 닦고, 용장보현이 불법에 귀의한 이유를 알 것 같았다.

그러는 동안 전군의 이동 준비가 끝났다는 보고가 들어왔다.

황보강은 그들을 다시 질풍군단의 본래 모습으로 돌아가게 했다.

정신없이 대황국의 국경을 향해 하루를 꼬박 달리고 야영을 하는 동안 진중에서 눈치 빠르고 영악한 자들 열두 명을 선발해 척후로 삼았다.

은밀히 대황국으로 먼저 들어가 그들의 동태를 살피고 오도록 한 것이다.

황보강은 잡생각을 떨쳐 버리기로 했다.

내가 흔들리면 오만 명이나 되는 병사들 모두가 흔들릴 것이고, 그게 그들을 더 위험에 빠뜨리게 되리라고 생각한 것이다.

드디어 사흘 후 저물녘에 질풍군단은 대황국의 국경을 마주 보고 있는 광막한 벌판에서 진군을 멈추었다.

벌판 저 끝에 높은 산이 길게 누워 있었는데, 산맥을 이루고 있는 대척산(大拓山)이었다. 그 아래에서부터 대황국이 시작된다.

야영 준비를 하는 중에 척후로 보냈던 자들이 속속 돌아와 보고했다.

"대황국의 근위기병단이 움직였습니다."

"팔만은 족히 되어 보이는 대군입니다."

"삼백 리 밖 창산 기슭에 당도한 걸 보고 급히 돌아왔습니다."

"하루에 오십 리를 가는 진군 속도입니다."

척후들의 보고를 들으며 황보강은 이것이 사량격발의 마지막 발악이라고 생각했다.

질풍군단이 국경을 넘기 전에 자신의 친위 기병단을 모두 내보내 격파하려는 것이다.

'그렇다면 이곳에서 마지막 싸움을 하리라.'

황보강은 엿새 후 벌어질 그들과의 싸움이 제 삶에 대해서는 물론 신념과 의지, 그리고 밝음과 어두움의 마지막 싸움이 되리라는 걸 확신했다.

병사들에게 진을 벌리게 한 황보강은 풍옥빈 등만을 대동한 채 벌판 멀리까지 두루 돌아보았다.

낮은 구릉이 군데군데 있고, 울창한 숲도 몇 곳 있었다.

격전지가 될 벌판을 정찰하는 동안 황보강의 머릿속에는 많은 생각들이 떠올랐다.

다시 그것들을 두고 깊이 생각하여 그중 가능하다고 확신하는 몇 가지를 추려냈다.

그다음에는 그 생각들을 실현하기 위한 준비 단계다.

병사들이 저녁 식사를 마치고 나자 황보강은 즉시 모든 병력을 동원하여 목책을 세우도록 지시했다.

오만의 병사들이 벌 떼처럼 달려들어 나무를 베어오고 땅을 파며 목책을 세우는 일에 매달렸다.

하루가 지났을 때 벌판 남쪽 끝에는 긴 띠를 두른 것처럼 목책이 세워졌다.

다음으로 황보강은 몇 군데 취약하다고 여긴 곳을 지목하여 길고 깊은 도랑을 파게 했다.

다시 오만의 병사들이 모두 힘을 모아 깊이가 일 장이 넘고 폭 또한 그만한 도랑을 파 나갔다. 마치 긴 운하를 군데군데 만들어놓은 것 같았다.

도랑 파기가 끝나자 그 바닥에 목창(木槍)을 박아 넣고, 유황과 초석을 건초 더미와 함께 채워 넣었다. 그리고 위를 나뭇가지와 풀로 덮으니 감쪽같이 위장된 함정이 완성되었다.

다음으로 황보강은 가문광치성에서부터 따라온 강대걸을 그의 부하들과 함께 함정 앞쪽에 포진하도록 했다. 선봉으로 최전방에 내세운 것이다.

사흘이 더 지났다.

예상대로라면 어제쯤 그자들이 이 벌판에 도착했어야 한다. 그러나 부지런히 오가는 척후들의 보고로는 일백 리 밖 대척산 너머에서 멈춘 채 움직이지 않는다고 했다.

황보강은 그놈들이 이미 도착해 기다리고 있는 이쪽의 형편을 알았기 때문일 것이라고 짐작했다. 어떻게 공격할 것인지 궁리하는 한편 척후들을 풀어 동태를 감시하고 있을 것이다.

그동안 질풍군단은 모든 준비를 마치고 기다리고 있었다. 피를 말린다는 말이 어울릴 만큼 초조하기 짝이 없는 시간이었다.

'대체 언제쯤 올 것인가?'

목책의 망루에 서서 저 멀리 어둠에 잠겨가고 있는 대척산을 바라보며 황보강은 지든 이기든 빨리 이 초조함에서 벗어나고 싶었다.

이렇게 며칠이 더 지난다면 병사들은 적과 싸우기도 전에 지쳐서 주저앉을 것이다.

왼쪽 멀리 우거진 숲 속에는 석지란의 일만 기마군단이, 오른쪽 구릉 뒤에서는 모용탈의 일만 기마군단이 매복해 있었다.

본진이 된 목책 안에서 황보강은 일만의 기마군단을 이끌고 전장을 총괄했다.

그 앞 오 리 지점에는 역시 일만의 기마군단이 일백 보 앞에 함정을 두고 일자진(一字陣)으로 벌려 서 있었다.

그들로부터 오 리쯤 앞에 강대걸의 일만 기마군단이 포진해 있었으니 세 겹의 진을 친 것이다.

황보강이 강대걸을 선봉으로 삼아 최전방에 내세운 건 그에게 거는 기대가 컸기 때문이다. 불타오르고 있는 그의 의욕을 높이 산 것이기도 하다.

그는 질풍군단에 편입된 이래 아직 한 번도 싸울 기회가 없었다. 그래서 이 싸움의 승패가 자신뿐만 아니라 일만의 수하들 모두에게도 명예가 되리라는 걸 단단히 믿고 있었다.

"이 싸움에서 승리해야 비로소 질풍군단의 완벽한 일원이 될 것이다."

부하들에게 그와 같은 말로 벌써 수백 번도 더 일러두었다. 그 때문에 그와 그의 부하들은 모두 넘치는 투지를 가지고 있었다.

그런데 황보강의 명령이 조금 이상했다.

"좌우에 매복해 있는 별동대가 적의 선봉을 격리시켜 놓으면 그때 나가서 싸우되 이기려고 하지 말거라."

강대걸이 불만을 토로했지만 소용없었다.

그는 멋지게, 원없이 한 번 부딪쳐 싸워보고 싶었다. 그러나 총사령인 황보강의 명령은 적의 선봉을 끌어들이는 미끼 역할을 하라는 것이었다.

그가 뒤를 돌아보았다. 거기 일만 명의 듬직한 부하들이 대기하고 있었다.

그들을 둘러본 강대걸이 쓴 입맛을 다셨다.

다음날 새벽녘에 척후로 나갔던 자들이 사방에서 급하게 돌아왔다.

"그들이 오고 있습니다!"

"대척산 북쪽 기슭을 돌아 나오는 걸 보았습니다!"

연이어 급한 보고가 들어오고, 전군에 긴장이 감돌았다.

목책의 망루에 걸려 있던 철고가 둥둥둥, 하고 울렸다. 벌판 멀리까지 그 소리가 울려 퍼질 때 목책 안에서 전령들이 달려나와 각 군진으로 질주해 갔다.

망루에 올라간 황보강이 눈을 모았다.

저 멀리, 희미한 안개 속에서 꾸역꾸역 몰려나오고 있는 검은 병사들이 개미 떼처럼 보였다.

대척산이 무수히 많은 개미들을 쏟아내고 있는 것 같은 광경이었다.

그것들이 산을 등지고 벌판을 마주하여 몇 개의 무리로 뭉쳐 진을 형성하고 있었다.

척후들의 보고대로라면 모두 팔만의 철갑기병들이다. 머릿수로는 상대가 되지 않는다.

다른 놈들이라면 두려울 것 없었다. 그러나 상대는 대황국의 최정예라는 근위기병단 아닌가.

저놈들과 정면으로 부딪쳐서는 승산이 없다는 걸 황보강은 잘 알고 있었다. 돌파구를 찾아야 한다.

둥둥둥둥—

양쪽 진영에서 울리는 북소리가 벌판 가득 무겁게 퍼져 나갔다.

어두운 아침이었다.

빠르게 밀려드는 검은 구름장이 하늘을 두텁게 가리고, 음산한 바람도 벌판을 휩쓸며 달려왔다. 그리고 대척산 쪽에서 웅장한 말발굽 소리가 쏟아져 나오기 시작했다.

삼만은 족히 되어 보이는 철갑기병단이 활짝 열린 진문을 박차고 일제히 내닫기 시작한 것이다.

우두두두—

철갑마들의 말발굽 소리가 벌판을 뒤흔들었다.

그것들은 마치 커다란 산이 갑자기 무너져 내리듯이 쇄도해 들었다.

강대걸은 점점 가까워지고 있는 검은 철갑기병단을 노려보며 긴장으로 마른 혀를 핥았다.

상대는 모두 철기들인데 그것을 맞이할 이쪽은 말도 사람도 가볍게 무장한 경기병들이었다. 무장(武裝)에서부터 비교가 되지 않는다.

이런 꼴로 거침없이 달려오고 있는 저 검은 기병단 속에 뛰어들었다가는 몰살을 당해 버리고 말 거라는 두려움이 컸다.

그러나 이미 황보강에게 목숨을 맡기지 않았는가. 그가 섶을 지고 활활 타오르는 불 속으로 뛰어들라고 했으니 그렇게 할 뿐이다.

강대걸이 그런 각오로 적을 노려보고 있을 때, 벌판의 좌우 측면에서 함성과 함께 기병들이 뛰어나왔다.

숲과 언덕 뒤에 숨어 있던 석지란과 모용탈의 별동군 이만 기가 일제히 달려나오기 시작한 것이다.

그들은 벌판에 줄을 긋듯이 좌우에서 질풍처럼 쇄도해 적의 배후를 끊었다. 본진과 선봉과의 연결을 완전히 차단한 것이다.

"이때다! 전군 돌격!"

강대걸이 외쳤고, 긴장하여 기다리고 있던 기병들이 일제히 말의 배를 박찼다.

　두두두두—

　벌판을 향해 강대걸을 선두로 한 일만 기의 경기병들이 둑
터진 물처럼 쏟아져 나갔다. 마주 오고 있는 검은 철갑기병단
을 향해 달려가는 동안 좌우로 넓게 퍼져서 일자진(一字陣)을
이룬다.

3. 최후의 접전(接戰)

　몇 번 깊은 심호흡을 하는 사이 넓게 퍼진 강대걸의 일만
경기병들이 마치 그물을 덮어씌우듯이 적의 선봉과 부딪쳤
다.

　마상의 기병들은 이제 누구의 창이 더 날카롭고, 누구의 칼
이 더 빠른지에 목숨을 걸었다.

　거센 충돌은 바위와 바위가 부딪치는 것 같았다. 뒤엉킨 철
기와 경기병들의 고함과 말 울음소리, 비명 소리들이 들끓었
다.

　강대걸의 창은 실수가 없었다. 한 번 노린 먹이를 절대로
놓치지 않는다.

　그를 따르는 경기병들 또한 지는 건 곧 죽는 것과 마찬가지
라는 각오로 제 몸을 돌보지 않고 오작 무섭게 철기들 속으로

파고들었다.

사방에서 그것들을 몰아 찢어놓는다.

삼만의 철기들은 가볍고 재빠르게 움직이며 좌충우돌하는 강대걸의 경기병들에 의해 전열이 흩어지고 수십 토막으로 쪼개졌다.

경기병들은 황보강이 일러준 대로 철갑으로 완전무장한 기병들 대신 주로 말을 노렸다.

접근전이 벌어지면 한껏 몸을 낮추어 적의 예봉을 피하면서 예리한 칼로 말의 목을 치거나 앞다리를 찍고 달아난다.

애처로운 비명을 터뜨리며 쓰러져 발버둥 치는 말들이 늘어날수록 땅에 떨어져 뒹구는 철갑기병들도 늘어났다.

말에서 떨어진 그들은 둔한 곰 같았다. 철갑의 무게와 답답함 때문에 움직임이 굼뜨고 시야도 좁아진다.

그러면 이내 도끼와 철퇴 등의 중병을 휘두르며 아귀처럼 달려들었다.

말에서 떨어진 철갑기병들은 경기병들에게 좋은 사냥감이기만 했다. 곳곳에서 참혹한 비명 소리가 터져 나오고, 주검이 즐비하게 깔려갔다.

그러나 머릿수에서 세 배나 많고 철갑으로 단단히 무장한 철기들에 의해 목숨을 잃는 경기병들 또한 시간이 지날수록 늘어났다.

불과 한 시진의 시간이 흐르는 동안 양쪽에서 무수한 사상자가 나왔을 만큼 치열한 격전이었다.

"퇴각한다!"

이만하면 족하다고 판단한 강대걸이 퇴각의 명령을 내렸다.

그 즉시 치열하게 싸우던 경기병들이 재빨리 말 머리를 돌려 요리조리 철기들 사이를 헤집으며 전장을 이탈하기 시작했다.

뒤에서는 석지란과 모용탈의 이만 별동군이 선봉을 후원하기 위해 좌우에서 넓게 퍼져 달려나오는 사만의 적병을 필사적으로 막아내고 있었다.

그들 또한 황보강의 지침에 충실한 싸움을 하고 있었다. 그러므로 강대걸의 기마군단이 싸운 것과 같은 양상의 전투가 벌어졌다.

빠르고 강력한 경기병들로 적진을 휘저으며 주로 말을 노렸던 것이다.

석지란의 대도와 모용탈의 언월도는 그 어느 때보다 빛을 발했다.

그들의 넘쳐 나는 힘과 용맹 앞에서는 철갑으로 두른 기병도 말도 무사할 수 없었다.

번쩍이며 칼이 떨어지고 언월도가 휩쓸어가는 공간마다

뜨거운 피가 뿌려지고 비명이 들끓었다.

그들은 어떻게 하든 사만의 응원군이 진격하지 못하도록 필사적으로 가로막고 있었다. 강대걸에게 시간을 벌어주려는 것이다.

멀리 목책의 망루에서 둥둥 하고 급한 북소리가 울렸다. 퇴각의 신호다.

비로소 석지란과 모용탈도 생존자들을 이끌고 전장을 이탈해 벌판을 찢듯이 가르며 좌우로 빠져나갔다.

이만의 별동군이 적의 철기와 치열하게 얽혀 싸우는 동안 강대걸은 무사히 전장을 빠져나올 수 있었다.

그를 뒤따르는 자가 칠천이었다. 첫 싸움에서 삼천 명의 부하를 잃은 것이다.

그 사실에 이가 갈리지만 적의 선봉이 입은 피해는 더 컸다.

의외의 강력한 저항에 부딪쳐 무려 오천여 기를 잃었으니 남은 자들의 분노는 극에 달했다.

황제 사량격발의 총애를 받는 근위군이면서 패배를 모르는 무적의 철기군단이라는 자부심에 견딜 수 없는 상처를 입은 것이다.

"더 빨리!"

강대걸이 재촉했다. 뒤돌아볼 마음의 여유도 없다. 적의 선봉이 무서운 기세로 추격해 오고 있었던 것이다.

그들은 아직 이만 오천여 기가 남아 있었다. 그 흉흉한 기세에 질렸다는 듯이 강대걸과 그의 경기병들은 오직 앞을 보고 달아날 뿐이다.

철기들이 이를 갈며 맹렬히 뒤쫓았지만 시간이 지날수록 그들 사이의 거리는 더 벌어지기만 했다.

뒤쫓는 게 쉽지 않으련만 그들은 포기하지 않았다. 그대로 황보강의 본진이 있는 목책까지 들이쳐 무너뜨릴 기세로 사납게 달려온다.

오 리를 뒤도 돌아보지 않고 후퇴한 강대걸의 기마군단이 미리 표시해 놓은 다섯 곳의 통로를 따라 함정을 건너왔다.

함정 너머에서 대기하고 있던 제이선 일만의 기마군단 뒤로 빠진다.

그 즉시 제이선의 기병들이 전통에서 화살을 뽑아 활시위에 걸었다.

뿌드드득—

동시에 일만 개의 활대 휘어지는 소리가 우레 소리처럼 들렸다.

"쏴라!"

적의 철기군단이 함정 앞 일백 보 거리까지 이르렀을 때 이선의 기마군단을 지휘하는 부장 장하명의 군령이 떨어졌다.

쏴아아—

일만 대의 강전이 일제히 허공을 갈랐다. 검은 구름 덩이가 갑작스럽게 밀려 나가는 것 같다.

그들은 모두 황보강에 의해 혹독한 궁술의 훈련을 받은 자들이었다. 명궁이라고 불려도 손색이 없을 것이다.

눈 깜짝할 사이에 이백 보를 가로지른 강전들이 소나기가 되어 철기군단을 덮어씌웠다.

땡강거리며 철갑과 투구를 때리는 소리가 양철판에 우박 쏟아지는 소리처럼 요란하게 터져 나왔다.

강전의 날카로운 촉은 철갑을 뚫었으나 깊이 박히지는 못했다. 이백 보의 거리를 날아간 것이기에 그렇다.

수많은 철갑기병들이 움찔거렸다. 더러 말에서 떨어지는 자도 있었지만 나머지는 그것을 개의치 않고 제 속도를 유지하며 여전히 쇄도해 들었다.

두 번째 화살이 다시 그들을 덮어씌웠고, 그러는 동안 함정 앞에 이른 자들은 일만 기 가까이 되었다.

그것들이 질주하자 함정을 가리고 있던 덮개가 무너지며 말과 사람이 무더기로 떨어졌다.

앞섰던 철기들이 갑자기 푹, 하고 꺼져 버린 것 같은 광경이었다.

함정을 발견한 자들이 급히 말고삐를 당기지만 뒤따라온

자들에게 밀려 그대로 떨어지기를 계속했다.

순식간에 함정이 철기와 철갑기병들로 가득 찼다. 운 좋게도 다섯 군데의 통로를 통과해 들어온 자들은 고작 이삼천 기가 될까 말까 했다.

"불!"

그것을 지켜보던 부장 장하명의 군호에 일만의 궁수들이 이번에는 일제히 불화살을 당겼다.

그것이 하늘 높이 솟구쳤다가 포물선을 그리며 함정으로 내리꽂혔고, 이내 불길이 치솟았다. 유황과 초석으로 버무려 놓은 건초는 요란한 폭음과 함께 맹렬한 불길을 하늘 높이 토해냈다.

순식간에 초열지옥으로 변해 버린 함정 속에서 말과 사람들의 비명 소리가 들끓었다.

함정 건너편에서 화살의 소나기에 주춤거리던 일만 오천여 기의 철기들은 혼란을 겪고 있었다. 치솟는 불길을 두려워하는 말들이 한사코 전진하기를 거부하고 제자리에서 맴돌며 울부짖었기 때문이다.

퍼퍼퍽!

운 좋게 함정을 지나온 이삼천 기의 철갑기병들에게 일만 대의 강전이 집중되었다. 일백 보가 되지 않는 근접한 거리에서 쏟아진 그것들은 거뜬히 철갑을 뚫고 몸통 깊숙이 꽂혔다.

많게는 수십 개의 강전을 몸에 꽂은 기병들이 비명을 지르며 말에서 떨어졌다.

그것들을 향해 활을 버리고 대도를 꺼내 든 일만의 경기병들이 일제히 달려들었다.

고통으로 꿈틀거리는 자들을 나무토막 찍듯 찍어대고 목을 쳐낸다.

참혹한 지옥도는 불바다가 된 함정뿐만 아니라 그 앞에서도 그렇게 펼쳐졌다.

차마 눈 뜨고 볼 수 없는 아비규환 속에서도 황제 사량격발의 자랑이라는 철갑기병들은 믿을 수 없는 용맹을 발휘했다.

그들이 부상을 무릅쓰고 악착같이 장하명의 기병들에게 달려들었으므로 그것들과 뒤엉켜 싸우는 동안 이쪽의 피해도 커져만 갔다.

그 틈에 일만 오천여 기의 철기들이 불길이 약해진 함정의 통로를 따라 일제히 쳐들어왔고, 퇴각하는 장하명의 기병들 후미가 짓밟히기 시작했다.

그때 뒤로 물러나 있던 강대걸이 다시 기병들을 이끌고 앞으로 쳐 나왔다.

도망쳐 오는 장하명의 기병들을 스치듯이 지나가 추격해 온 철기들에게 그대로 충돌한다.

강대걸이 휘두르는 창은 사납고 흉포하기 짝이 없는 호랑이의 발톱 같았다. 닥치는 모든 걸 후려치고 꿰뚫으며 찢어댄다.

그의 경기병들도 죽음을 두려워하지 않고 철기의 선두를 찍어 넘기며 쐐기처럼 박혀 들어갔다.

예상치 못한 그 강력한 충돌에 철기들이 주춤거렸다.

그러는 동안 장하명의 기병들은 전장에서 무사히 빠져나가 황보강의 본진이 있는 목책을 왼쪽에 두고 벌판을 가로질러 멀리 달려갔다.

둥둥둥—

다시 목책 안에서 철고가 울렸다. 그러자 그때까지 모든 용맹과 투지를 다 쏟아 철기들을 상대하던 강대걸이 즉각 돌아섰다.

살아남은 기병들과 함께 전장을 이탈하여 다시 한 번 달아나기 시작한다.

그를 따르는 자들은 이제 오천 명 남짓으로 줄어 있었다. 또 한 번의 격돌에서 다시 이천여 명의 부하들을 잃은 것이다.

그러나 그들의 사기는 여전히 왕성했고, 말과 사람 모두 힘이 넘쳐 나고 있었다. 지난 한 달여 동안 쉬지 않고 달렸던 효과였다.

그때의 단련으로 인해 이와 같은 극한의 상황에서 믿을 수 없는 지구력을 발휘하고 있는 것이다.

그러나 철갑으로 중무장한 철기들은 그렇지 않았다. 그들은 말과 사람이 모두 지쳐 가고 있었다. 철갑마들의 속도가 떨어졌고, 철기병들의 움직임도 둔해져 있는 게 확연했다.

강대걸도 본진의 목책을 왼쪽으로 끼고 돌아 장하명이 달려가고 있는 벌판을 향해 멀어져 갔다.

철기들은 아직도 일만여 기가 남아 있었다. 그것들이 눈앞에 보이는 적의 본진을 향해 거친 숨을 뿜어내며 돌진해 갔다.

강대걸과 장하명의 경기병들에 대한 분노가 하늘을 찌르지만 쫓을 수 없는 그들 대신 황보강의 목책을 짓밟아 버리려고 작정한 것이다.

그러나 황보강은 이미 이와 같은 일을 예상하고 몇 가지의 계획을 세워두고 있었다. 이제 그 세 번째 계획을 실행할 때가 되었다.

북소리와 함께 목책 위에서 수많은 궁수들이 불쑥 일어섰다. 오천여 명이나 되는 그들이 일제히 활시위를 당겼다.

쏴아아―

일백 보 앞에 밀려든 철기들을 향해 화살의 소낙비가 퍼부어졌다.

쨍강거리는 소리가 귀 따갑게 울리고, 철기병들이 여기저기에서 말과 함께 쓰러져 뒹굴었다.

선두가 그렇게 꺾이자 철기 전체의 진격에 커다란 방해가
되었다.

둥둥둥—

웅장한 북소리가 연이어 터져 나왔다.

그리고 목책의 전면부가 무너지듯이 앞으로 쓰러졌다. 뒤
에서 밀어 쓰러뜨릴 수 있도록 만들어졌던 것이다.

갑자기 뻥, 뚫린 공간에서 기병들이 함성과 함께 일제히 쏟
아져 나왔다.

호장충이 커다란 칼을 휘두르며 이천의 귀호대 용사들을
이끌고 직선으로 철기들을 가르며 쳐들어갔다. 대나무를 쪼
개는 것 같은 형상이었다.

날카롭고 강력하게 부딪쳐 오는 그들의 기세를 철기들은
감당하지 못했다.

황보강의 오만 질풍군단 중에서도 최정예로 꼽히는 귀호
대의 용맹은 단번에 철기들을 압도했다.

그리고 나머지 팔천의 기병들이 좌우로 나뉘어 철기들을
에워싸고 들이치기 시작했다.

좌군의 선두에서 칼을 휘둘러 닥치는 대로 찍어 넘기는 장
수는 황보강이었고, 우군을 이끌고 적진을 돌파하고 있는 장
수는 의외에도 용장보현이었다.

갑주 대신 승포 자락을 펄럭이며 휘두르는 그의 철봉(鐵棒)은 무지막지했다.

허공에 무겁고 위협적인 바람 소리가 윙윙거릴 때마다 사람이든 말이든 가리지 않고 으깨어져 참혹한 비명을 터뜨린다.

삼면에서 들이치는 그들의 용맹과 힘은 철기들을 질리게 했다.

여태까지 그들이 겪어본 적병들 중 이처럼 강력하고 호전적인 집단은 없었던 것이다.

황보강은 이 싸움에서 적의 선봉군을 완전히 무너뜨리기로 단단히 작정하고 있었다.

오랜만에 직접 칼을 쥐고 뛰어든 전장은 그동안 억눌러 두고 있었던 투지와 용기를 한껏 부풀려 주었다. 그것을 남김없이 터뜨리는 황보강의 칼은 마치 하늘에서 수많은 벼락이 떨어지는 것 같았다.

좌우에서 그를 그림자처럼 따르고 있는 풍옥빈과 백검천의 보검 또한 현란한 빛을 뿌리며 사방을 휩쓸었는데, 무장들의 기세와는 다른 날카로움과 정교함이었다.

그들이 휘두르는 용수신검의 예리함 앞에서는 철갑이 아무 소용 없었다.

그러는 동안 대황국 근위기병단의 본진에서는 일대 혼란

이 벌어지고 있었다.

적의 후속 철기군단이 선봉과 합류하지 못하도록 갈라놓고 달아났던 석지란과 모용탈이 갑자기 좌우에서 엄습해 들어왔던 것이다.

그들이 달아나는 것처럼 보였던 것은 벌판을 멀리 돌아 본진을 기습하기 위해서였다.

적의 본진에는 오만이나 되는 대군이 있었지만 선봉을 돕기 위해 응원군을 보낼 수 없었다. 예상치 못한 기습에 당황하여 우왕좌왕할 뿐이다.

"침착해라! 적은 몇 놈 되지 않는다!"

근위대를 통솔하는 총령 마초운(馬初雲)이 악을 썼다.

황제의 총애를 받고 있는 그가 이번 싸움을 위해 직접 근위 기병단을 이끌고 나왔던 것이다.

그에게는 황보강이라는 이름만 들어도 아직까지 이가 갈리는 원한이 있었다.

황보강이 포로였을 때 무투장에 나와 자신의 근위대 용사들을 도륙했던 일을 잊지 못하고 있었던 것이다.

그 일로 인해 마초운은 황제 앞에서 얼굴을 들지 못했고, 모든 대신과 장군들의 비웃음을 받아야 하지 않았던가.

그런데 일개 포로에 지나지 않았던 그놈이 질풍군단을 이끌고 쳐들어와 감히 대황국의 영토를 밟으려 하고 있으니 분노하지 않을 수 없었다.

게다가 그때 황보강과 함께 저에게 수치를 준 석지란과 모용탈이라는 놈들이 좌군과 우군의 장수로서 함께하고 있다지 않은가.

더욱 그대로 둘 수 없다.

그게 마초운이 황제에게 간청하여 몸소 전장에 나온 이유였다.

그런데 첫 싸움에서 선봉이 무너지고 있었다.

노여움으로 숨이 멎을 지경이 된 그가 다시 삼만의 철기를 뽑아 선봉을 구하기 위해 내보려는 때였다.

마치 그것을 알기라도 하듯이 기막힌 때에 좌우에서 엄습해 들어온 석지란과 모용탈에 대한 분노로 이를 갈지 않을 수 없다.

마초운이 즉시 군령을 내렸다.

"좌군과 우군이 각기 이만의 철기로 저놈들을 짓밟아 버려라! 물러서는 놈은 내가 목을 쳐주겠다!"

번쩍이는 칼을 뽑아 든 그가 눈을 부릅뜨고 호령하자 당황하던 장수들이 정신을 바짝 차리고 바쁘게 자신의 군영으로 달려갔다.

잠시 흔들렸던 본진은 이내 빠르게 전열을 회복했다. 그러자 석지란과 모용탈의 경기병들이 위기를 맞았다.

좌군과 우군에게 뒷수습을 맡긴 마초운이 일만의 철기들을 이끌고 손수 나섰다. 선봉이 괴멸되기 전에 구하려는 것이다.

석지란과 모용탈은 그를 가로막을 수 없었다. 좌군과 우군 사만의 철기들이 압도적인 머릿수로 옥죄어오고 있었기 때문이다.

그들 속에서 경기병들은 악전고투할 수밖에 없었다. 오히려 전멸을 당해 버리고 말 것 같다.

마초운의 응원군을 가로막은 건 의외에도 전장에서 빠졌던 부장 장하명과 강대걸의 기병들이었다.

각기 일만 기씩을 거느렸던 그들의 군세는 이제 합쳐서 겨우 그만큼이 될 만큼 줄어 있었지만 기세만은 여전했다.

마초운이 벌판으로 반쯤 들어왔을 때 그들이 함성을 지르며 왼쪽 구릉을 돌아 달려나왔다.

곧장 일만 철기들의 옆구리를 찌르고 들어온다.

마초운은 어쩔 수 없이 진격을 늦추고 그들을 상대해야만 했다.

4. 대승, 그리고 돌이킬 수 없는 상처

대승이었다.

여태까지 이처럼 통쾌하게 싸워본 적이 없고, 이처럼 큰 승리를 거둔 적도 없다.

그러나 그것을 즐기기에는 피해가 너무 심각했다.

삶과 죽음이 오가는 치열한 전투를 종일 치르고 날이 저물어 양쪽 모두 병사를 물리고 난 뒤였다.

황보강은 살아남은 병사들을 점고해 보고 마음이 무거워졌다. 눈물이라도 흘릴 것 같다.

적은 선봉군 삼만 철기가 전멸했고, 마초운의 본진도 석지란과 모용탈이 이끄는 별동군에 의해 이만을 잃어 삼만 기만 남아 있었다.

오만의 경기병으로 팔만의 철기군단을 맞이하여 하루의 싸움 동안 오만 명을 죽였으니 믿지 못할 전과가 아닐 수 없다.

그러나 이쪽의 피해도 그에 못지않았다.

강대걸과 장하명이 이끌던 이만의 기병은 고작 삼천 남짓 남았을 뿐이고, 석지란과 모용탈의 별동군도 반이 넘게 줄어들어 팔천여 기가 남았을 뿐이다.

황보강이 몸소 지휘했던 본진 일만의 기병들도 육천 남짓 살아남았다.

무엇보다 안타까운 건 그 싸움에서 호장충을 잃었다는 것이었다.

살 맞은 불곰처럼 그 어느 때보다 사납고 격렬하게 전투를 이끌었던 그가 난전 중에 말에서 떨어지더니 철기들의 발굽에 짓밟혀 갈가리 찢겼던 것이다.

시신조차 수습할 수 없는 비참한 최후였다.

그걸 생각하면 황보강은 마음이 무겁고 슬프기 짝이 없었다.

검은 벌판에서부터 저를 따르며 악몽들을 상대하여 싸웠고, 삼산평으로 향하던 도중에는 해일 속에서 함께 죽을 고비를 넘기기도 하지 않았던가.

버려진 땅에 불과하던 삼산평을 지금의 삼산평으로 만들기까지 호장충이 중심으로 저를 따르고 지지했다는 생각에 황보강은 대승을 기뻐할 수 없었다.

게다가 하루의 싸움 동안 살아남은 기병들이 일만 칠천 명에 지나지 않았다.

그건 적의 팔만이 삼만으로 줄어든 것 못지않게 큰 피해였다. 그러므로 이 싸움은 완전한 승리라고 할 수 없었다. 황보강은 그게 분하고 가슴 아팠다.

"내일 다시 들이칩시다!"

부장 장하명이 분한 숨을 내쉬며 버럭 소리쳤다.

강대걸도 씩씩하게 외친다.

"소장이 또 한 번 선봉을 맡겠습니다!"

침울해져 있던 황보강이 그들을 보고 비로소 빙긋 웃었다. 여기저기 창검에 찔리고 베인 부상으로 인해 성치 못한 그들이었지만 투지는 여전했던 것이다.

황보강은 내일 다시 한 번 싸운다면 이 병사들만으로도 마초운의 삼만 철기들을 짓밟을 수 있다고 자신했다.

이쪽의 사기는 여전하지만 적의 진영은 그렇지 않을 것이기 때문이다.

하지만 그렇게 해서 승리한들 무엇 할 것인가, 하는 생각에 다시 마음이 우울해진다.

일만 명도 살지 못할 것이기 때문이다.

어쩌면 그 이하가 될지도 모른다.

그렇다면 적과 함께 공멸하는 것밖에는 안 된다. 승리의 의미가 없는 것이다.

그 병사들만으로는 대황국의 도성을 향해 진격할 수 없지 않겠는가.

"좀 쉬게 하는 것도 괜찮아."

풍옥빈의 말은 황보강의 마음을 그쪽으로 굳어지게 했다.

날이 밝았지만 적의 특이한 동태는 없었다.

어제의 치열했던 전투에서 그들 또한 너무 지쳤기 때문일 것이다.

적이 저렇게 진문을 굳게 닫고 움직이지 않으니 소수에 불과한 이쪽에서는 함부로 들이칠 수가 없다.

"풍 형의 말대로 쉬면서 부상자들을 치료하고 말과 장비들을 정비하는 것도 좋겠지요."

아침나절 내내 이대로 들이칠 것인지 말 것인지를 두고 고민하던 황보강이 곧 전군에 휴식과 정비의 명을 내렸다.

잔뜩 긴장해 있던 병사들이 비로소 갑주를 벗고 무구(武具)들을 정비하는 한편 부상병들을 한군데로 모아 치료하기 시작했다.

중상을 입은 자는 없었다. 전장에서 스스로 움직여 따라오지 못하는 자들은 그대로 버리고 왔기 때문이다. 그게 황보강의 방침이었다.

비정하기 짝이 없고 원성을 살 만한 일이었지만 아무도 그것을 탓하지 않는 건 자신들의 처지를 잘 알기 때문이었다.

중상자 한 명을 데려오기 위해서는 최소한 두 명의 멀쩡한 자가 필요하다.

촌각의 시간을 다투는 치열한 전장에서, 더욱이 압도적으로 많은 수의 적진 속을 헤집으면서 그런 미련한 짓을 할 자는 없었다.

참장으로 총사령 도울 각하의 진영에 있으면서 귀호대를 이끌고 전장을 달리던 시절부터 황보강은 그의 부하들에게 그 점을 강조했었다.

—죽은 자는 잊는다. 중상자도 버린다. 예외는 없다. 나에게 필요한 자는 펄펄 살아서 적과 싸워줄 자다. 그러므로 네가 살려면 네 곁의 동료를 지켜주어라. 그러면 그가 너를 살게 해줄 것이다.

그 비정함을 원망하던 자들도 그와 함께 몇 번 전장을 누비며 악이 무엇인지 절절히 체험하고 나면 달라졌다.
비정해져야만 한 명이라도 더 살아서 전장을 빠져나올 수 있다는 걸 인정할 수밖에 없었던 것이다.

지옥 같던 격전의 날로부터 사흘이 지났다.
그동안 마초운의 진영에서는 아무런 움직임이 없었다. 마치 누가 더 인내심이 많은지를 시험해 보는 싸움 같았다.
황보강은 슬슬 마음이 급해지기 시작했다. 이렇게 마냥 농성을 하듯 자리를 지키고 있을 수 없는 형편이기 때문이다.
마초운이야 이대로 질풍군단을 벌판에 묶어놓으면 성공이겠지만 황보강은 아직도 갈 길이 멀었다. 게다가 지니고 있던 식량도 바닥이 나고 있었다.
내일은 승패를 결정짓고 말겠노라고 굳게 다짐하여 전략

을 숙고하는데 척후로 나갔던 자들이 급히 뛰어들었다.

"적의 응원군이 오고 있습니다. 삼만의 철기들입니다!"

"뭐라고?"

의외의 보고에 황보강은 물론, 그와 전략을 상의하던 무장들이 모두 벌떡 일어섰다.

급히 목책의 망루로 달려 올라가 보자 과연 벌판 왼쪽의 산기슭에서 뽀얀 먼지가 구름처럼 피어오르고 있었다.

이내 우두두두, 하고 지축을 흔드는 말발굽 소리도 들려온다.

"마초운은 이걸 기다리고 있었던 것인가?"

황보강이 낭패하여 발을 굴렀다.

대황국의 사량격발이 자신의 친위 부대인 근위기병단을 모두 내보낸 걸 보고 누구나 그들에게는 더 이상의 전력이 남아 있지 않다고 판단했었다.

그런데 삼만이나 되는 철기들이 몰려오고 있으니 앞이 깜깜해지지 않을 수 없다.

"가만, 저건 어딘지 수상하다."

가만히 지켜보던 풍옥빈이 고개를 갸웃거렸다.

황보강도 그런 생각을 하고 있던 참이었다. 이상하게도 가슴이 울렁거리며 답답해지고 정신이 멍해졌던 것이다.

흥분으로 신경이 올올이 곤두서며 근육들이 파르르 떠는

이와 같은 현상이 무엇을 의미하는 건지 그는 이미 익숙하게 알고 있었다.

"정말 이상한데? 그들은 어째서 합류하지 않는 걸까?"

석지란도 고개를 갸웃거렸고, 모용탈은 잔뜩 눈살을 찌푸린 채 벌판 저 멀리 수많은 개미 떼처럼 보이는 철갑군단을 노려보기만 했다.

과연 새롭게 나타난 검은 철갑군단은 멀리 마초운의 근위 기병단을 두고 곧장 벌판으로 달려오고 있었다. 마치 그들과는 아무 상관도 없다는 것 같다.

잠시 눈을 모으고 그들을 지켜보던 황보강의 얼굴이 점점 심각해졌다.

"그들입니다."

그때쯤에는 풍옥빈과 백검천, 용장보현도 모두 황보강과 같은 느낌을 받고 있었다.

그들 또한 심각한 얼굴이 되어 앞을 노려보며 고개를 끄덕였다.

"맞아, 과연 그들이로군."

풍옥빈이 눈살을 찌푸렸고, 석지란과 모용탈 또한 무언가 심상치 않은 기운을 느끼고 불안해했다.

"악몽들이다. 암흑존자의 기마군단이다."

황보강의 말에 모두 흠칫, 몸을 떨었다.

죽지 않는 놈들. 목을 베어내기 전에는 죽일 수 없는 지독한 놈들.

그런 놈들이 무려 삼만 기나 몰려오고 있는 것이다.

고작 일만 칠천여 기가 남아 있을 뿐인 이쪽의 전력으로는 한 번의 싸움에서 몰살을 당하고 말 것이다.

상대조차 되지 않으리라.

'어째서?'

황보강은 그런 의문이 들었다.

나운선인의 말을 기억해 냈기 때문이다.

선인은 암흑존자가 무정하에서 끝내기를 바란다고 하지 않았던가.

'그런데 아니란 말인가? 선인의 말이 틀렸단 말인가?'

의문이 생기지 않을 수 없다.

第七章
무정하(無情河)로 돌아오다

1. '검은곰'

거칠 것 없이 벌판을 짓밟아온 삼만의 철갑군단이 목책과 오백여 보 떨어진 곳에서 진군을 멈추더니 장수 한 명이 말을 달려오고 있었다.

황보강은 멀리서도 그놈이 누구인지 금방 알아볼 수 있었다.

저렇게 무지막지하게 생긴 낭아곤을 무기로 삼고 있는 놈이라면 그놈뿐이다.

검은 철갑으로 몸을 가렸고, 투구의 가리개마저 내려서 얼굴도 볼 수 없지만 그놈이 '광기'라는 건 변함없다.

'검은곰······.'

황보강이 어금니를 악물었다.

한때 자신과 함께 적진을 휘젓고 다니던 자, 타고난 용력과 무용으로 언제나 든든한 오른팔 역할을 다해주던 바로 그놈.

'검은곰', 그리고 '광기'가 된 그놈이 틀림없다.

"만나보겠어."

나가려고 하자 풍옥빈이 앞을 가로막았다.

"내가 같이 가겠다."

황보강은 머리를 가로저었다.

"아니, 저놈은 나를 만나기 위해서 온 겁니다."

이내 목책의 문이 열리고 흰말에 올라탄 황보강이 천천히 나가 '광기'와 마주 섰다.

"여전하군."

투구 속에서 귀화 새파란 눈빛을 번쩍이며 한동안 말없이 바라보던 '광기'가 그렇게 말했다.

"싸우겠느냐?"

황보강이 곧장 핵심을 찔렀다. 자질구레한 여러 말 할 것 없다는 뜻이다.

"아니."

'광기'도 한마디로 핵심을 말했다.

"아니라고?"

"떠나기 전에 대장을 한 번 보고 싶었다. 그것뿐이야."

'이놈이?'

엉뚱한 '광기'의 말에 황보강이 낯을 찌푸렸다.

대체 이놈이 무슨 생각을 하는 건지 알 수가 없게 되었다.

"황제는 죽었다."

"사량격발이 죽었다고?"

불쑥 내뱉은 '광기'의 말에 황보강이 깜짝 놀라 저도 모르게 소리쳤다.

"사흘 전이지."

그렇다면 이곳에서 마초운의 철갑기병단과 하루 종일 치열하게 싸우고 있던 때였을 것이다.

그때 황제 사량격발이 죽었다니 탄식이 절로 나온다.

"이제 대황국은 없다."

'광기'가 비웃듯이 말했다.

"대장이 애써 싸우지 않아도 스스로 무너지고 말 거야."

"그래서 떠나는 것이냐? 암흑존자는 어떻게 하고?"

"존자에게는 존자의 길이 있지."

음흉하게 말하고 흐흐, 웃는 '광기'를 물끄러미 바라보면서 황보강은 알 수 없는 일이라고 다시 생각했다.

대체 언제부터 이놈의 흉중이 이렇게 음험했단 말인가.

그가 아는 '검은곰'은 단순하기가 아이 같은 놈이었다.

비록 성질이 폭급하고 흉성이 지독했지만 그 이면에 있는 건 거짓없는 솔직함이었던 것이다.

모든 사람이 그의 흉포한 성정에 넌덜머리를 냈어도 황보강만은 그의 본질이 순박하다는 걸 알았기에 더 아끼지 않았던가.

그러나 지금은 제 앞에 있는 놈의 속을 알 수 없었다.

그는 죽었다가 암흑존자에 의해 되살아나더니 전혀 다른 존재가 된 것 같았다.

그 '검은곰', 아니, '광기'가 투구 속에서 귀화 번쩍이는 눈빛을 쏘아 보내며 말했다.

"대장이 이제는 별 의미도 없게 된 이 싸움에서 이기든 지든 난 상관하지 않아."

흐흐흐, 하고 낮게 웃은 '광기'가 낭아곤을 들어 황보강의 가슴을 가리키며 엉뚱한 말을 했다.

"과연 대장의 칼과 나의 낭아곤이 부딪치면 어떻게 될까? 내가 이길까? 아니면 대장이 이길까? 나는 귀호대에 있을 때부터 그게 정말 궁금했다."

"네 용맹은 인정하지. 하지만 너는 결코 나를 이길 수 없을 것이다."

"어째서?"

"네 가슴속에는 분노가 없으니까. 그리고 무엇보다 증오가 없으니까."

황보강의 가슴속에 넘치도록 들끓고 있는 건 암흑존자에 대한 분노와 증오였다.

그건 '검은곰'을 '광기'로 만든 사악함에 대한 분노이고, 세상을 어둠 속으로 끌어가려는 음흉함에 대한 증오였다.

황보강의 말에 '광기'가 침묵했다.

슬퍼하고 있는 것 같다.

한참 뒤에 그가 한숨을 쉬고 나서 말했다.

"맞아. 나는 아무래도 대장을 이길 수 없을 것 같다. 내 가슴속에는 그저 막막한 어둠만 있을 뿐, 힘을 내쏟을 분노와 증오가 없어. 나는 그저 꼭두각시일 뿐이다."

"응?"

황보강이 의아해서 '광기'를 바라보았다.

'이놈은 정말 아직 제정신의 일부를 지니고 있다. 어떻게 그럴 수 있지? 암흑존자도 그걸 알고 있을까?'

"대장."

"……?"

"존자를 죽여라."

"뭐라고?"

"대장이라면 그렇게 할 수 있어. 이 싸움에서 이기고 지는 건 아무 의미가 없다. 대장도 잘 알고 있을 텐데? 이 싸움은 오직 대장의 칼로 암흑존자를 죽여 소멸시키는 싸움이 되어야 한다. 그렇게 해."

"너는 정말 싸우려고 온 게 아니냐?"

"말했잖아."

짜증스럽게 말한 '광기'가 다시 황보강을 뚫어지게 바라보더니 한숨을 쉬었다.

"나는 마지막으로 대장의 얼굴을 한 번 보고 싶었을 뿐이다. 그게 다야."

"……?"

"나는 이제 떠날 거야. 돌아오지 않는다. 누구에게도 돌아가지 않는다. 나만의 세상을 찾을 거야. 저기 저놈들을 모두 데리고 말이지. 흐흐―"

"암흑존자는? 그도 이런 사실을 알고 있는 거냐?"

"상관없어. 그럼 간다."

"허!"

정말 돌아서는 '광기'를 보면서 황보강은 기가 막혔다. 일이 이렇게 되리라고는 꿈에도 생각해 보지 못했던 것이다.

"동쪽으로 가."

저만큼 멀어진 '광기'가 잊을 뻔했다는 듯 말을 멈추더니 돌아보았다.

"뭐라고?"

"무정하 말이야. 대장은 그곳에 가야 하지 않아?"

"동쪽에 있단 말이냐?"

"아니, 방위는 아무 상관 없어. 그곳은 동서남북이 없는 곳이니까."

"구천!"

황보강은 '광기'의 엉뚱한 말에서 불쑥 그 단어를 떠올리고 저도 모르게 소리쳤다.

장한가(長恨歌)였다.

아버지가 늘 부르던 그 노래의 한 구절에 있던 말이다.

남쪽으로 가고자 하나 구천에는 동서남북이 없다 하니
갈 곳을 몰라 그저 발길 닿는 대로 떠도네.

동서남북이 없다는 그곳, 구천.

아버지가 노래로 가르쳐 주었던 바로 그곳이 무정하였다는 걸 이제 깨닫고 놀란다.

'광기'가 그런 황보강을 향해 고개를 끄덕였다.

"거기서 암흑존자가 기다리고 있다. 단단히 각오해 두어야 할 거야. 존자는 이번에야말로 대장을 죽이고 말 테니까. 용서없을 거다."

다시 돌아선 그가 제 할 일을 다했다는 듯 뒤도 돌아보지 않고 떠나갔다.

우두두두—

'광기'를 따라왔던 삼만의 검은 기마군단이 목책을 돌아 엉뚱한 곳을 향해 일제히 달려가기 시작했다.

그들의 예상치 못한 행동에 황보강은 물론 잔뜩 긴장하여 바라보고 있던 사람들 모두가 혼란스러워했다.

'광기'와 그의 삼만 기마군단은 어느덧 벌판 저 너머로 사라져 버렸다.

그리고 내내 진문을 굳게 닫고 있던 마초운의 진영이 크게 술렁이는 게 보였다.

"떠나고 있다."

풍옥빈의 말처럼 과연 그들은 급히 진영을 걷더니 쫓기듯 대척산을 향해 퇴각하기 시작했다.

황궁에서 달려온 전령을 통해 황제 사량격발이 죽었다는 소식을 들은 게 틀림없다.

황보강은 모든 게 허무해졌다. 맥이 빠진다.

갑자기 커다란 목표 하나를 상실한 그 느낌은 무거운 답답증이 되어 그를 짓눌렀다.

'광기'가 떠난 뒤부터 황보강은 지독한 열병을 앓았다.

풍옥빈과 백검천, 용장보현이 곁을 지켰지만 온몸이 땀에 젖어 벌벌 떨며 이를 가는 그에게 해줄 수 있는 게 아무것도 없었다.

"그는 지금 제 안의 어둠과 싸우고 있는 것이다."

풍옥빈의 말에 백검천이 고개를 끄덕였다.

"철갑기병단과의 싸움보다 오히려 더 크고 무서운 싸움이겠군요."

"그것에서 이겨야 비로소 승리했다고 할 수 있겠지. 나는 그가 반드시 이겨내리라고 믿는다."

"아미타불―"

풍옥빈의 말을 들은 용장보현이 합장하고 불호를 중얼거렸다.

황보강의 영혼에 제 힘을 빌려주는 것이다.

꼬박 이틀을 그렇게 죽을 것처럼 앓고 난 황보강이 벌떡 일어섰다.

언제 앓았었느냐는 듯 멀쩡한 얼굴이었다.

"가야지요?"

"이대로 말이냐?"

초췌해진 그의 얼굴을 보며 풍옥빈이 눈살을 찌푸렸다. 황보강은 개의치 않았다. 침상에서 내려와 팔다리를 움직여 보더니 겉옷을 찾아 입었다.

"그가 투덜거리더군요."

"만났단 말이냐?"

"꿈속에 찾아왔었답니다. 게으른 놈이라고, 언제까지 기다리게 할 거냐고 책망하지 뭡니까."

2. 무정하(無情河)로 가는 사람들

"그렇다면 가야지."

풍옥빈이 크게 고개를 끄덕였다.

"아미타불, 아미타불……."

합장하고 불호를 중얼거리는 용장보현의 손이 가늘게 떨렸다.

"두려운 거요?"

그것을 본 백검천이 웃으며 말하자 용장보현이 심각한 얼굴을 했다.

"두렵지요. 소승은 숨이 멎을 만큼 두렵고 무섭군요. 아미타불……."

"나는 하나도 두렵지 않소. 새로운 세상에 대한 호기심으로 벌써부터 이렇게 가슴이 뛰는구려."

백검천은 진심으로 그렇게 말했다.

그는 아직 한 번도 암흑존자를 본 적이 없었다. 그가 있다는 중간계로 들어가 본 적도 없다.

그러니 이것이 그에게는 도의 세계를 조금이나마 엿볼 수 있는 절호의 기회였다.

그러나 용장보현은 그렇지 않았다. 사부인 청목사(靑木寺)의 도진 선사(道進禪師)가 열반에 들기 전에 은밀히 해주었던 말을 기억하고 있기 때문이다.

"사부님은 어둠의 도가 소승을 광명으로 이끌 것이라고 하셨소이다."

"그렇다면 좋은 일이군."

"어둠의 도와 직면하면 광명계를 볼 수 있다고 하셨으니 그 말이 무슨 뜻이겠소?"

"설마……."

"그렇소. 백 시주님의 짐작이 맞소."

백검천이 침묵했고, 그들의 말을 듣고 있던 풍옥빈이 역정을 냈다.

"쓸데없는 소리! 네 사부는 너에게 드디어 득도할 길이 열렸다고 가르쳐 주신 것이다. 흥, 젊은 중아, 두렵다면 여기 남아 있어도 좋다!"

늘 잔잔한 물처럼 무심한 평온을 지키던 그가 벌컥 화를 냈으므로 모두 의아하여 그를 바라보았다.

풍옥빈의 안색이 좋지 않았다.

"가자. 운명이 이렇게 우리를 부르는데 꽁무니를 뺀다고

해서 스스로를 가릴 수 있을 것이냐?'

"그렇소."

황보강이 허리띠를 단단히 동이며 고개를 끄덕였다.

"풍 형이 기다려 온 건 바로 이날이고, 내가 검천이 너를 불러낸 것도 바로 이날을 위해서였다. 그러나 용장보현은 스스로 찾아온 것이니 강요할 수 없어."

"아니, 나도 가겠소. 그게 사부님의 뜻이었으니까."

용장보현이 결연하게 말하고 일어섰다.

전장에 나온 뒤로 그는 자신의 신물이었던 용두선장 대신 일 장 길이의 무거운 철봉을 무기 겸 지팡이 삼아 짚고 다녔는데 그것부터 챙긴다.

무정하에 얼마나 되는 악몽들이 기다리고 있을지 모른다. 어쩌면 수천 명, 아니, 수만 명일 수도 있다.

그에 비해 이쪽은 고작 네 명에 불과했다. 다들 비장해지지 않을 수 없다.

진문을 나서려 하자 석지란과 모용탈이 앞을 가로막았다.

"암흑존자가 무슨 말라 비뚤어진 개뼈다귀인지, 악몽이라는 것들이 뭐 하는 잡종들인지 모르지만 이렇게 보낼 수는 없다!"

석지란이 잔뜩 화가 나 소리쳤고, 모용탈도 두 팔을 활짝 벌렸다.

"여기까지 함께 왔다. 죽어도 같이 죽고 살아도 같이 산다는 무언의 약속이 있었기 때문이지. 네가 죽을 자리를 찾아 제 발로 가겠다는 걸 막을 수는 없다. 그러나 우리도 함께 가야 한다."

"맞아! 우리 모두 함께 가는 거야!"

석지란이 병사들을 가리키며 버럭 소리쳤다.

"아직 싸울 수 있는 자들이 일만 칠천 명이나 남아 있다. 마초운 그 후레자식과의 싸움이 싱겁게 끝나 버려서 아직도 불만에 차 있지. 악몽이라는 것들이 아무리 돼지지 않는 빌어먹을 것들이라지만 죽음을 넘어 살아온 저놈들의 창칼에도 돼지지 않을 수는 없을 것이다. 그러니 같이 가."

그렇게 하고 싶었다.

그게 황보강의 진심이었다.

여태까지 저를 믿고 한 점의 의심 없이 따라준 자들 아닌가. 이놈들과 함께라면 지옥인들 두렵지 않을 것이다.

도산검림(刀山劍林)이라도 웃으며 넘을 수 있다.

그러나 그들은 그곳에 갈 수 없다.

"얼마나 더 말해줘야 귀가 뚫리겠느냐? 무정하는 너희들이 갈 수 없는 곳이라고 몇 번이나 말해야 해?"

"왜? 왜 너는 갈 수 있고 우리는 갈 수 없는 거냐?"

"너희들에게는 없는 세계이기 때문이다."

"없는 세계라고?"

그런 데가 있냐는 듯 석지란이 눈을 멀뚱거리며 빤히 바라보았다. 조금도 이해하지 못하는 얼굴이다. 이해하려고 하지도 않는다.

"그럼 여기 세 사람은?"

"그들은 달라. 도의 경계를 넘보는 사람들이지. 너도 그만큼 수양이 된다면 무정하를 볼 수 있게 될 것이다. 지금이라도 칼을 버리고 도의 그림자를 좇아보겠느냐?"

"무슨 개코 같은 소리냐? 내가 왜 칼을 버려?"

"그러니 너는 이곳을 지키고 있어라. 흩어져서는 안 돼. 앞에는 아직 대황국이 있고, 뒤에는 모아합이 있다."

황보강의 걱정은 거기에 있었다.

"보내주자."

모용탈이 심각한 얼굴로 말하고 석지란의 뒷덜미를 잡아끌었다.

"그가 무슨 말을 하는 건지 모르겠지만 거짓은 아닐 것이다. 나는 그를 믿어. 여태까지 그래 왔으니까."

"그건 그렇지."

석지란이 마지못해 물러서면서도 한마디 했다.

"돌아올 거지?"

"반드시."

"약속한 거다?"

황보강이 빙긋 웃으며 그의 어깨를 굳게 잡아주는 걸로 대답을 대신했다.

        *   *   *

네 사람은 말 머리를 나란히 하고 '광기'가 가르쳐 준 대로 동쪽을 향해 나아갔다. 지난밤의 어둠이 아직 머물러 있는 새벽의 벌판을 달려간다.

여기저기 격전의 참화가 남아 있어서 까마귀들이 날아 앉았고, 피 냄새가 아직까지 허공에 떠돌고 있었다.

시체를 파먹던 들개 떼들이 말발굽 소리에 놀라 고개를 들고 바라보더니 급히 달아난다.

그것들 사이를 달려가고 있는 네 사람은 무심한 표정이었다. 산 자와 죽은 자의 경계가 이미 갈라졌는데 애석해하고 애통해 봐야 아무 소용 없다.

죽은 자는 죽은 자 속에 묻혀 잊혀져 가고, 산 자는 제자리를 떠남으로 잊혀져 가는 것 아니던가.

죽은 자의 영혼이 어디로 간 건지 알 수 없듯이 지금은 산 자도 어디로 가고 있는 건지 몰랐다.

죽음의 벌판 속을 그저 방황하는 유령들처럼 흘러간다.

그리고 안개를 만났다.

새벽 벌판을 뒤덮으며 땅에서 피어오르는 뿌연 숨결이 하늘로부터 내려오는 기운과 섞이면서 점점 농밀해져 갔다.

비리고 습한 공기 속으로 꿈틀거리며 흘러가고 퍼져 가는 그것들은 마치 살아 있는 것 같았다. 그렇다면 죽은 자의 영혼이 뭉쳐서 방황하는 것인지도 모른다. 그 비릿한 안개 속에서 숨을 쉰다는 건 그래서 불쾌하고 역겨웠다.

무정하가 어디에 있는 건지, 어디로 가야 하는 건지 네 사람은 여전히 알지 못하고 있었다.

그러나 조급해하지 않는 건 그곳이 자신들을 부르고 끌어들일 것임을 알기 때문이다.

안개가 그렇게 했다.

갈수록 짙어져 열 걸음 앞을 알아볼 수 없게 만드는 아침 안개는 모든 걸 집어삼켰다. 제 뱃속에 담아두고 트림을 한다.

사라져 버린 벌판과 묻혀 버린 주검들. 까마귀와 들개들의 울음소리만 어렴풋이 들려오는 막막한 세상.

'이곳이야.'

마치 이 세상의 끝에 온 것 같은 느낌 속에서 황보강은 가만히 자기 자신에게 속삭였다.

이와 같은 안개, 그리고 그것이 가져다주고 있는 막막함을 알고 있었던 것이다. 척망평의 일전에서 패하여 홀로 달아나던 그때의 바로 그 느낌이다.

말할 수 없는 절망과 분노와 원통함. 그래서 눈물을 뿌리며 안개 속을 헤매고 다니지 않았던가.

그 끝에서 소리없이 흐르는 검은 강물을 보았었다.

무정하(無情河)다.

황보강을 태운 말이 문득 걸음을 멈추고 코를 벌름거리더니 푸르륵, 투레질을 했다.

다른 세 필의 말도 앞발을 들었다 놓았다 하고 고개를 끄덕이며 투레질을 할 뿐, 나아가려고 하지 않는다.

때로는 사람보다 짐승이 더 영특하고 슬기로웠는데 지금이 그런 건지도 모른다.

백마의 목덜미를 투덕이며 달래주던 황보강이 말처럼 코를 들고 킁킁 냄새를 맡았다.

물 냄새였다.

비릿한 안개의 냄새 속에 옅게 섞여 있는 또 다른 비릿함. 바로 그 냄새다.

풍옥빈과 백검천, 용장보현이 긴장하여 앞을 바라보았다.

조금씩, 아주 느리게 안개가 증발하고 있었다. 수많은 유령들이 흐물거리며 하늘로 올라가고 있는 것 같은 모습이다.

"저기!"

용장보현이 급히 외치며 한곳을 가리켰다. 안개 깊은 곳에 꾸물거리고 있는 음침한 어둠 속이었다.

거기 다 쓰러져 가는 낡은 집 한 채가 있었는데 사람이 살 만한 곳이 아니었다. 짐승들의 놀이터요, 유령의 거처라고 해야 어울릴 그런 곳이다.

갑자기 바람이 불어왔다.

쏴아아—

파도치는 것 같은 소리가 바람에 밀려 왈칵 다가오더니 그렇게 스쳐 가버렸다. 갈대들이 서로 몸을 비벼가며 우는 소리였다.

설움을 당한 늙은 과부가 남몰래 입을 막고 흐느껴 우는 소리 같기도 하다.

"강이군."

풍옥빈이 음울하게 중얼거렸다.

과연 갈대 줄기를 흔들며 철벅거리는 물소리도 들려오고 있었다.

그렇다면 무정하일 것이다.

네 사람은 잔뜩 긴장하여 그곳으로 천천히 말을 몰았다.

그리고 그 음산한 집 아래에서 한 사람을 보았다.

무성하게 자란 풀들이 말라 죽은 커다란 나무와 뒤엉켜 있는 곳이었다.

두 개의 굵은 나뭇가지 사이에 칡넝쿨을 엮어 만든 그물망이 걸려 있고, 그 속에 반쯤 파묻히듯 누워 있는 사람 하나.

바람이 불어와 그물망을 천천히 흔들어댔다.

그때마다 미라처럼 말라 버린 나뭇가지가 삐걱거리는 기분 나쁜 소리를 낮게 흘려보냈다. 푸석거리는 회색빛 속살을 드러내고 우는 것 같다.

사내는 등을 보이고 새우처럼 허리를 굽힌 채 요람 속의 아이처럼 편하게 누워 있었다.

천천히 흘러가는 안개 속에 서서 네 사람은 말없이 그 기이한 광경과 기이한 사내를 바라보기만 했다.

말에서 내린 황보강이 한 걸음 한 걸음 그 사람에게 다가갔다.

일 장 밖에 멈추어 선 그의 기척을 느끼고도 남았으련만 그물망 속의 사내는 돌아보지도 않았다.

"이곳에 사는 사람이오?"

대답이 없다.

"소생은 황보강이라고 하오. 친구 몇 명과 함께 무정하를 찾아가는 길인데, 저 앞의 강이 바로 그곳이오?"

여전히 대답이 없는 사내를 앞에 두고 황보강은 끈질기게 기다렸다.

"늦었군. 한참 기다렸다."

한참 만에야 사내가 잠에서 깨어난 것처럼 잠긴 음성으로 웅얼거렸다.

"기다리다니? 나를 말이오?"

황보강이 깜짝 놀라는데, 사내가 꿈틀거리며 그물망 속에서 몸을 일으켜 앉았다.

"억!"

그를 본 황보강이 놀란 외침을 터뜨렸다.

"무슨 일이냐?"

내내 긴장하여 바라보고 있던 풍옥빈이 크게 외치며 급히 달려오더니 사내를 보고 역시 놀란 비명을 터뜨렸다.

"당신!"

용장보현도 사내를 알아보았다. 입을 딱 벌리고 눈을 휘둥그레 뜬 채 손을 들어 가리키며 말을 잇지 못한다.

"담 형! 당신이 어떻게?"

비로소 정신을 차린 풍옥빈이 다시 외쳤는데, 이번에는 반가움에 떨리는 음성이었다.

백헌(白櫶) 담사헌(談思憲).

한때 강호에서 혈귀검마(血鬼劍魔)라는 아름답지 못한 이름으로 불리며 검을 지닌 모든 자에게 두려움과 공포의 대상으로 존재했던 절대자.

그물망에 걸터앉은 채 하품이라도 할 듯한 얼굴로 황보강과 마주 보고 있는 사람은 과연 그 담사헌이었다.

지금쯤 양가산(陽嘉山) 육화봉(六華峰)에서 도의 수련에 매진하고 있어야 할 그가 불쑥 이곳에 나타났고, 기다리고 있었다니 믿기 힘들었다.

다들 지금 제가 꿈을 꾸고 있는 것 아닌가 하는 심정이 되어 그를 멍하니 바라보기만 한다.

담사헌이 소리없이 웃었다.

그러자 그를 둘러싸고 있던 안개가 출렁이며 흩어졌다.

반가움이 그의 가슴속에서 스며 나와 그것을 밀어낸 것 같다.

3. 무정하(無情河)

"그놈?"

지글거리며 노릇노릇하게 익어가고 있는 노루 고기를 뒤집던 담사헌이 흘흘, 하고 웃었다.

"그놈은 문주 짓에 아주 재미가 들렸지. 제자들 닦달하는 소리에 육화봉이 쩌렁쩌렁 울린다. 시끄러워서 수양이고 뭐고 할 수가 없어."

"그가 보고 싶군요."

"봐서 뭘 하게? 욕이나 얻어듣지 않으면 다행이지."

짓궂은 담사헌의 말에 황보강이 빙긋 웃었다.

그를 보자 당몽현(唐夢顯)이 생각났던 것이다.

괴모산(怪帽山)의 혈겁으로 강호에 천둥 치듯 이름 석 자를 남기고 육화봉으로 돌아간 당몽현은 역시 사문을 이어받은 모양이었다.

덜렁거리고 괄괄하며 야생마처럼 길들여지지 않은 자가 육화문의 문주가 되어 거들먹거리고 있을 모습이 떠올라 절로 웃음이 나온다.

담사헌은 나운선인의 부탁을 받았다고 했다.

"네가 부탁을 하지 않으니 선인께서 대신 했지 뭐냐. 무정하로 가라고. 괘씸한 놈. 감히 선인을 귀찮게 하다니."

짐짓 눈을 부라리지만 그 속에 감추어진 건 웃음이었다. 황보강이 멋쩍은 얼굴로 말했다.

"담 대협께서 사문으로 돌아가 수양에 정진하시는데 방해할 수가 없었지요."

"흘흘, 어쨌든 약속은 지킨 거다. 나중에 다른 소리 하지 마라."

"여부가 있겠습니까."

황보강이 활짝 웃었다.

그가 심마를 쫓아내기 위해서 용수신검 한 자루를 빌려달라고 했을 때를 기억했다.

그 대가로 언제든, 무슨 부탁이든 한 가지를 들어주마고 하지 않았던가. 이제 그 약속을 지키기 위해서 온 것이다.

다른 사람도 아닌 담사헌이 육화문의 보물인 용수신검 한 자루를 가지고 이렇게 찾아왔으니 천군만마를 얻은 것처럼 든든했다.

"자, 먹자. 다들 앉아라. 풍 형, 당신도 그쪽에 자리 잡구려."

그러잖아도 고기 익어가는 냄새에 군침만 삼키고 있던 사람들이었다. 담사헌의 말이 채 끝나지도 않았는데 벌써 불가에 앉아 손을 비비고 있다.

그가 작은 칼을 꺼내 익은 고깃점을 썩썩 자르더니 나뭇가지에 꿰어 모두에게 나누어주었다.

그동안 시간이 꽤 많이 지났을 것이다. 아침 식사마저 거르고 온 탓에 모두는 벌써부터 시장기를 느끼고 있는 중이었다.

담사헌이 건네주는 대로 고맙다는 말을 할 새도 없이 덥석 받아 후후 불어가며 볼이 미어지도록 고기를 뜯었다.

"그들은 어디로 가야 만날 수 있습니까?"

황보강의 물음에 담사헌이 눈짓으로 먼 곳을 가리켰다. 한동안 더 우물거리며 고기를 뜯고 나서야 만족한 듯 옷자락에 손을 문지르며 말했다.

"강을 따라 계속 올라가다 보면 거기 어디에선가 기다리고 있겠지."

"담 대협께서도 모르고 있군요?"

"아니, 나는 그들을 보았어."

"보았다고? 언제?"

풍옥빈이 깜짝 놀라 물었다. 다들 우물거리던 입을 멈추고 담사헌을 뚫어지게 바라본다.

"어제였던가? 아니면 그제? 빌어먹을. 항상 이 모양이니 시간을 알 수가 있어야지."

담사헌이 눈살을 찌푸렸다.

낮도 아니고 밤도 아닌 그런 날이었다. 안개는 걷혔지만 구름이 가득 낀 것처럼 여전히 잿빛 그늘이 남아 온 세상을 덮고 있다.

"이곳에는 밤과 낮의 구분이 없어. 그저 이렇다. 아주 지겨운 곳이야."

그의 말에 황보강 등은 주위를 두리번거렸다.

칙칙한 잿빛으로 온통 가라앉아 있는 세상이었다. 느릿느릿 흐르는 검은 강물과 검은 숲과 검은 갈대밭, 그리고 검은 하늘이고 땅이다. 그것에 희미한 빛이 더해져 잿빛으로 보인다.

붉고 푸르고 노란 모든 색들이 새벽의 안개를 따라 증발해 버린 것 같았다.

"그놈들이 저 앞으로 지나갔지. 아마 어제쯤일 것 같다."

"지나갔다고요? 그걸 보았단 말입니까?"

담사헌의 말에 황보강은 물론 모두가 깜짝 놀랐다. 담사헌은 태연했다. 남의 말 하듯 한다.

"얼마 되지 않더군. 다들 검은 경장에 검은 죽립을 쓴 놈들이었다. 늙은이 하나만 비루먹은 노새를 타고 있었는데, 그 늙은이가 아마 암흑존자였겠지?"

"대체 몇 명이나 되어 보였습니까?"

"한 만 명쯤?"

"헛!"

아무렇지도 않게 하는 담사헌의 말이 놀람을 더 크게 했다.

"일만 명!"

황보강이 비명처럼 소리쳤다. 그는 암흑존자가 뛰어난 자들 십여 명을 데리고 올 것이라고 여겼다.

그것도 비겁한 짓이라고 할 수 있을 것이다. 정정당당하게 일전으로 승부를 가리려고 했다면 이쪽과 같은 수의 악몽들을 데리고 와야 할 것이니 그렇다. 그런데 일만 명이라니, 기가 막힌다.

담사헌의 다음 말은 더욱 기가 막혔다.

"그 늙은이가 거느린 악몽들이 십만 명이라면서? 그중에 일만 명만 데리고 왔으니 착한 늙은이지 뭐냐. 흘흘, 그래도 양심이라는 게 조금은 있는 늙은이야."

모두의 얼굴이 딱딱하게 굳어졌다. 그러나 황보강은 오히려 마음이 편해지는 걸 느꼈다.

"자, 이제 그만 가야지?"

담사헌이 툴툴 옷자락을 털고 일어섰다. 곁에 풀어놓았던 신검을 등에 지고 앞선다.

검이 울었다.

모두는 그것을 느끼고 그 소리를 들었다.

황보강의 가슴속에서 지잉— 하고 용틀임 같은 소리가 낮게 스며 나오더니 그에 화답하듯 풍옥빈과 담사헌, 백검천의 신검이 일제히 진동하며 울기 시작했던 것이다. 그러자 그것에 자극을 받은 것처럼 용장보현이 허리에 두르고 있는 연검도 날카로운 울음을 터뜨렸다.

열반에 든 도진 선사의 정수를 받아 영험함을 갖게 된 검이라더니 과연 악몽들의 기운에 반응했던 것이다.

모두는 말하지 않아도 암흑존자가, 악몽들이 가까이 있다는 걸 알았다.

—두려워하지 마라, 내가 있으니까.

황보강의 가슴속에서 낮은 속삭임이 그렇게 말했다. 영체로서 그와 하나가 된 존재, 단조영이다.

—잊지 마라. 선인의 무상검법 삼 초는 광명이면서 도 그 자체를 담고 있다는 것을. 부정한 것들이 어찌 광명의 도를 이길 수 있을 것이냐?

'그렇다.'

황보강의 얼굴이 비로소 환해졌다. 미소마저 띠고 반짝인다.

황보강은 제가 단조영과 함께 있고, 그것은 또한 나운선인과 함께 있는 것임을 깨달았다. 선인의 힘이 단조영을 통해서 저에게 흘러들어 와 있는 것이다.

'두려워할 것 없어. 내 검은 어둠을 가르고 악몽을 쪼갤 것이다.'

그런 생각은 확신이 되어 다가오는 믿음이었다. 결코 흔들리지 않을뿐더러 의심이 끼어들지 못한다. 그러므로 그것은 세상에서 가장 강력하고 큰 힘이자 능력이다.

그 믿음의 힘으로 황보강이 크게 숨을 들이마셨을 때 그들이 보였다. 잿빛 공간 저쪽에서 불쑥 저희들을 드러낸 것이다.

언덕 위의 버드나무 아래에 암흑존자가 있었다. 늙은 노새

등에 걸터앉아 한가롭게 다리를 흔들고 있는 검은 옷의 꾀죄죄한 늙은이. 그가 웃었다. 손짓해 부른다.

그리고 언덕 아래에 검은 구름 덩이처럼 내려앉아 있는 수많은 악몽의 무리들.

검은 무사들이었다.

그것들이 검은 죽립 안에서 시퍼런 눈빛을 쏘아 보내고 있었다. 일만 쌍의 귀화가 이글거리며 허공에 둥둥 떠 있는 것이다.

그들을 마주하고 선 다섯 사람은 보잘것없고 초라해 보이기만 했다. 저 검은 구름 덩이가 한 번 밀려들면 그대로 잠겨서 흔적도 없이 사라져 버릴 것 같다.

'이곳이다.'

황보강은 두려움 대신 아득해진 과거를 꺼내들었다.

그날, 척망평의 싸움에서 패하여 정신없이 달아나던 그날. 이곳에서 저를 쫓아온 악몽들을 만나지 않았던가.

바로 저 검은 물속에 처박혔고, '고통' 이라는 놈이 징그럽게 웃으며 했던 말을 조금 전의 일처럼 기억한다.

"이곳에서 떠난 모든 것은 다시 이곳으로 돌아온다. 너는 이제 막 그 길에 올라선 거야. 축하해 주지. 결코 거기서 벗어날 수 없게 된 걸 말이야."

'다시 돌아왔다.'

황보강은 지그시 입술을 깨물었다.

다시 돌아왔지만 다시 떠날 것이다. 그리고 그때는 이 지겨운 운명의 수레바퀴를 영영 벗어 던질 것이다. 그리고 다시는 돌아오지 않을 것이다.

그렇게 하고 말겠다는 결의. 그건 오기이면서 도전이고 불붙어 오르는 투지였다.

그리고 그 느낌에, 그 감정에 환호하듯이 그의 오른손에 투명한 빛이 쥐어졌다. 소리도 없이 신검이 빠져나온다.

그러자 온몸에 넘치도록 힘이 차올랐다.

나운선인의 힘이면서 단조영의 힘인 그것은 거대한 도의 기운이기도 했다. 우주를 지배하고 운명을 만들어낸 그 '무엇'의 호흡이다. 그것의 질서이면서 의지였다.

그리고 무어라고 아우성을 치며 일제히 달려오고 있는 저 검은 악몽들에 대한 연민이면서 증오였다.

풍옥빈과 담사헌, 백검천, 용장보현이 일제히 신검을 뽑아 들었다. 이 넓은 천하에 악몽들을 죽일 수 있는 건 오직 지금 이곳에 있는 다섯 자루의 신검뿐이었다. 그것들이 일제히 용틀임을 했다. 웅웅거리는 검명(劍鳴)과 함께 눈부신 빛을 사방에 뿌려댄다. 마치 한 겹 빛의 장막으로 다섯 사람을 덮어

씌운 것 같았다.

4. 운명의 끝

쾅!

천번지복의 거대한 충돌음이 잿빛 세상을 뒤흔들며 터져 나왔다.

황보강이 왼쪽에 풍옥빈과 백검천을, 오른쪽에 담사헌과 용장보현을 두고 맹렬히 달려나가 검은 무사들과 충돌한 것 이다.

번쩍!

다섯 자루의 신검이 하늘에 다섯 줄기의 뇌전을 뿌리며 사방에 떨어졌다.

비명은 없었다. 살이 쪼개지고 뼈가 갈라지는 끔찍한 소리들만 터져 나왔을 뿐이다. 우박이 숲을 때리듯이 소란스럽게 쏟아지는 그 기성(奇聲)들로 인해 잿빛 세상이 몸부림을 쳐댔다.

다섯 사람은 점점 서로 간의 거리를 넓게 벌리며 전진하고 있었다. 검이 미치는 범위가 그만큼 넓어지고, 그것에 달려드는 검은 악몽들이 부나방처럼 끊임없이 쓰러져 뒹굴었다.

황보강은 무아지경에 빠져들어 가고 있었다. 제 의식과 의지를 잊어버리고 오직 신검이 이끄는 대로 춤을 춘다.

검을 뿌리고 그 기운으로 사방을 치고 쪼개며 밀어가는 것인데, 그것이야말로 나운선인의 무상검 삼 초 사십이 식의 정화였다.

선인의 도의 발현이고 단조영의 검법이었으나 지금 이 순간, 이곳에서는 황보강의 정신이고 영혼이 되어 나타났다.

그것이 때로는 부드럽게, 때로는 막강한 위력으로, 그리고 느림과 빠름, 정교함과 투박함의 조화로써 휩쓸어가는 건 악몽들이 아니라 어둠이었다. 불선(不善)의 온갖 사악함과 미혹의 달콤함이다. 그러므로 황보강은 멎어버린 잿빛의 시간과 공간 속에서 우주의 운행을, 도(道)의 실체를 선과 선으로 그려 보이고 있는 중이었다.

풍옥빈의 날카롭고 사나운 기세의 검은 폭풍의 검이었다. 용서없는 단호함으로 부딪쳐 오는 모든 어둠을 쪼개고 부수어 버린다.

담사헌의 검은 자유였다. 그것이 만들어가는 궤적에는 그러므로 한 점의 아쉬움이나 미련도 없었다. 오직 깨끗하고 통쾌할 뿐이다. 골짜기의 시원한 물이 콸콸거리며 흘러내리는 것 같다.

백검천은 말이 없었다. 입을 꾹 다문 채 눈마저 감은 듯 뜬 듯이 하고 가볍게 신검을 휘둘러 악몽들을 베어 나갔다.

그의 그런 기세는 고요한 어둠의 기세였고, 거대한 산악의 호흡이었다. 소리없이 닥쳐오는 죽음이다. 조금의 늦거나 빠름도 없는 정교함이다. 예정된 길을 벗어나지 않는 수레바퀴와 같다.

용장보현은 달랐다.

거칠고 사나우며 무지막지한 것이 불법의 자비와는 하늘과 땅만큼이나 먼 검이었다. 낭창거리는 얇은 연검에서 그렇게 굳세고 무거운 힘이 쏟아져 나올 수 있다는 것도 믿기 힘든 일이었다. 그것이 거치적거리는 모든 것들을 거침없이 베어 나갔다. 용서가 없고 법칙이나 형태를 가진 틀도 없었다.

그는 부드러운 한 자루 연검으로 불법을 고스란히 보여주는 것이다.

마귀들을 밟아 터뜨리는 사천왕의 불법에 어디 자비가 있고 연민이 있으며 용서가 있던가. 가장 무섭고 끔찍한 죽음과 파멸을 줄 뿐이다.

콰아아―

거침없는 그들 다섯 사람의 전진을 막을 수 있는 건 아무것도 없었다.

파도를 뚫고 용감히 나아가는 커다란 배처럼 쿵쿵거리는 소리를 내며 한 걸음씩 전진할 때마다 그들과 부딪친 검은 악몽들은 바람에 찢겨 날리는 풀잎처럼 튕겨져 나가고, 덧없이 쓰러져 누웠다.

일백 명의 주검을 딛고 일 장을 전진한다. 그러므로 한 걸음 한 걸음은 온몸의 힘과 정신을 남김없이 끌어올려 집중한 힘겨운 걸음이었다. 이 세계를 등에 지고 안간힘을 쓰며 겨우 한 발 내딛는 것과도 같았다.

그렇게 이십여 장을 전진했을 때 그들은 지쳐 가기 시작했다. 풀무 같은 숨이 쏟아지고 땀이 비 오듯 떨어졌다. 그래도 신검은 여전히 웅웅거리고 울며 보챘다.

이십여 장을 더 전진했을 때 다섯 사람은 이제 신검의 진동을 고통스럽게 느껴야 했다.

그러나 검은 악몽의 끝은 아직도 보이지 않았다.

파도처럼 지칠 줄 모르고, 쉴 틈도 없이 몰려와 부딪친다. 앞선 자가 무너지면 뒤를 밀며 더 많은 자가 몰려와 다시 부딪치는 것이다.

악몽과의 이 싸움은 끝날 것 같지 않았다.

이렇게 죽고 마는가? 하는 생각이 모두에게 들었다.

역시 일만 개의 악몽은 무리였던가? 하는 절망이 고개를 든다.

그리하여 그들이 주저앉아 버리고 싶어졌을 때, 벼락 치듯 허공에 진동하는 포효가 머리 위에 쏟아졌다.

단번에 온 세상을 흔들어 버리는 사자후(獅子吼) 같은 그것에 검은 파도처럼 밀려들던 악몽들이 멈칫거렸다.

"저기를 봐!"

용장보현이 거친 숨을 헐떡이며 겨우 말했다.

"호신이다!"

그가 가리키는 곳을 돌아본 풍옥빈과 황보강이 동시에 놀람과 기쁨의 외침을 터뜨렸다.

잿빛 허공을 가르며 흰 빛무리처럼 달려오고 있는 거대한 짐승. 하얀 호랑이.

그건 틀림없는 호신이었다. 천호천산의 주인이면서 풍옥빈이 추구하는 도의 실체이고 이 잿빛 세상, 중간계를 지배하는 신이다.

그 호신이 한 가닥 질풍처럼 다섯 사람의 머리를 뛰어넘어 그대로 악몽들을 덮쳤다.

"봐! 호신이다! 그가 왔다. 너를 찾아올 것이라고 했었지? 으하하하—"

풍옥빈이 기쁨으로 떨며 커다란 웃음을 터뜨렸다.

호신의 흉포함 앞에서 악몽들은 겁에 질려 굳어버렸다. 그것의 이빨과 발톱에 갈가리 찢기고 부서지고 짓눌리면서도 감히 반항할 엄두조차 내지 못했다. 호신이 맹렬하게 달려가는 곳에는 한줄기 뻥 뚫린 길이 생긴다.

그것은 곧장 악몽들을 가로질러 버드나무 언덕 위로 뛰어올랐다. 그리고 황보강 등도 그가 뚫어놓은 외길을 미친 듯이 달려 언덕으로 향했다.

"헛!"

언덕에 올라선 황보강이 헛바람을 들이켜며 우뚝 멈추어 섰다.

호신과 암흑존자가 마주하고 있었는데, 적의가 없었던 것이다. 그토록 거침없고 흉포하던 호신이 얌전한 강아지가 된 것처럼 앉았고, 암흑존자는 그것의 머리라도 쓰다듬어 줄 것 같지 않은가.

호신이 암흑존자를 물어뜯을 것이라고 여겼던 모두에게는 당혹스러운 광경이기만 했다.

황보강을 바라보는 호신의 눈이 불타는 듯했다. 암흑존자 또한 그를 바라보고 있었는데 유쾌하다는 듯 눈으로 웃고 있었다.

언덕 위의 세상은 저 아래, 검은 강이 흐르고 악몽들이 기다리고 있는 잿빛 세상과는 또 다른 세상이었다.

초록으로 반짝이는 버드나무 잎이 바람에 가볍게 흔들리고, 머리 위의 푸른 하늘에서는 밝은 빛이 쏟아져 내렸다.

미움과 증오와 적개심, 그리고 분노가 가득해야 할 그곳이 나른함으로 가라앉아 가는 것 같았다. 평화로움이다.

그래서 황보강은 더욱 어리둥절해졌다. 도대체 여태까지

무엇을 해왔던 건지, 내가 왜 이곳에 서 있는 건지 모호해지고 만다.

악몽들은 아직도 잿빛 음침한 그늘 속에 있으면서 언덕 위의 황보강을 노려보고 있었다. 푸른 귀화가 이글거리는 눈빛이 생생하고, 그들의 이 가는 소리가 생생하다.

언덕은 잿빛 세상 속에 우뚝 솟아서 빛과 어둠의 경계를 지키는 성 같았다.

"지독한 놈이다."

암흑존자가 낄낄 웃으며 그렇게 말했다. 비로소 풍옥빈과 담사헌, 백검천, 용장보현을 차례로 돌아보며 그들에게도 말한다.

"너희들의 도가 설마 이 정도로 깊어졌을 줄은 몰랐다. 기특하구나."

"과찬의 말씀이오. 어찌 존자에게서 감히 그와 같은 말을 들을 수 있으리오. 감당할 수 없소이다."

풍옥빈이 검을 거두고 깊이 허리를 숙였다. 최대한의 공경을 표하는 그의 곁에서 담사헌도 그와 같이 했다.

호신의 불타는 눈길이 황보강의 이마에 박힌다. 그리고 그것의 음성이 가슴속에 스며들었다.

"이제 되었지? 다 잊을 수 있지?"

"뭘? 내가 무엇을 했고, 무엇을 기억하기에 그런 말을 하는 거요?"

"흐흐, 네 분노와 증오의 끝을 보았으니 이제 잊으라는 말이다."

문득 황보강에게 이 모든 것들이 다 하찮은 것이고, 찰나에 사라질 번갯불의 번쩍임 같을 뿐이라는 생각이 들었다.

그 순간의 시간 속에 잠깐 비쳤다가 허깨비같이 꺼지고 말 삶이고 그것에 실려 있는 운명이라면 그게 선하든 악하든, 귀하든 천하든 무슨 가치가 있을 것인가 하는 생각에 그가 "아!" 하고 놀란 탄성을 터뜨렸다.

그 순간 호신의 불같은 눈길이 와락 달려들었다. 무섭고 끔찍한 두려움이었다. 커다란 불덩어리 하나가, 아니, 커다란 흰 호랑이의 쩍 벌린 입이 통째로 저를 삼켜 버리는 것이다.

황보강은 온몸이 뻣뻣하게 굳어버렸다. 지나친 두려움이 그를 나무토막같이 만들어 버렸고, 가슴속에 온 영혼을 두드려 울리는 꽹장한 소리가 마구 밀려들었다.

그가 정신을 차렸을 때 거기 나운선인이 웃으며 서 있었다. 그의 네 제자가 공손히 모시고 있다.

"나와라."

선인이 부드럽게 말했고, 황보강은 제 안에서 빠져나가는 커다란 기운을 느꼈다. 단조영의 기운이다.

갑자기 무거운 짐을 벗어버린 것 같은 홀가분함이 황보강의 정신을 더욱 가볍게 해주었다.

"수고했다."

흰옷을 입은 단조영이 그렇게 말하며 그의 어깨를 두어 번 두드려 주었다. 빙긋 웃고 돌아서서 선인을 따라간다.

암흑존자는……

"그가 왜 호신과 함께 떠나는 것일까요?"

"더 이상 이 세계에 있을 수 없게 된 거지."

"그렇다면 그는 이제 죽은 것입니까?"

"아니, 아무도 무엇도 그를 죽일 수 없다. 그는 도이니까. 제 스스로 왔듯이 제 스스로 사라질 뿐이다. 다른 세상으로 옮겨가는 것이지."

"어디로?"

"너는 그가 입으려고 마련해 둔 새로운 옷을 이미 보지 않았느냐?"

"……?"

"광기."

"아!"

"암흑존자는 일이 이렇게 될 것을 이미 알고 있었던 거야. 그래서 광기를 떠나보냈던 것이다. 어디에서인가 그놈과 또 다른 세상을 만들어가겠지. 나운선인의 힘이 미치지 못하는 자신만의 세상을 꿈꾸면서 말이다."

"그렇다면 그곳이 어디일까요?"

"나도 모른다. 어쩌면 네가 사는 곳일 수도 있고, 네가 죽어야 할 곳일 수도 있겠지."

"호신은 왜 그를 따라간 것일까요?"

"호신의 선택이다. 그는 중간계를 벗어나고 싶었던 거야. 그래서 더 높은 도의 세계로 한 계단 올라선 것이다. 그는 다른 무엇이 되어 새로운 삶을 살겠지. 결국 그 또한 운명을 극복하고 지배하는 존재가 되어갈 것이다."

"나운선인이나 암흑존자처럼 말인가요?"

"그렇게 되기를 원하는 거지."

"그렇다면 이 중간계는 이제 어떻게 되는 것입니까?"

황보강은 여전히 어리둥절했고, 풍옥빈이 말없이 빙긋 웃으며 그를 바라보았다.

"나는 이곳에 화원을 꾸밀 생각이다. 잿빛을 걷어버리고 푸른 바람이 불어오는 곳으로 만들겠어. 네가 말하던 그 도유강처럼 아름답게 변하겠지."

"아!"

황보강이 다시 탄성을 터뜨렸다.

풍옥빈의 모습이 후광을 두른 것처럼 밝게 빛나고 있었다. 그는 드디어 자신이 원하던 것을 얻었구나, 하는 생각에 기쁨이 차오른다.

담사헌은 언제 무슨 일이 있었느냐는 듯 태연한 얼굴로 작
별을 고하고 떠나갔다. 그는 다시 육화봉으로 돌아갈 것이다.
이제 다시는 세상에서 그를 볼 수 없으리라.

백검천은 풍옥빈과 함께 무정하에 남았고, 용장보현도 작
별의 인사를 했다.

그는 사부 도진 선사를 대신해 청목사를 지키고 불법을 지
킬 것이다.

터벅터벅, 황량한 벌판을 걸어가는 황보강의 모습이 쓸쓸
해 보였다.

저 앞에 목책이 보일 무렵, 그가 돌아오는 걸 발견한 듯 뿔
고둥 소리가 뿌우, 하고 길게 울렸다. 이내 목책의 문이 활짝
열리고 석지란과 모용탈이 말을 달려 나왔다.

第八章

그 후

대황국은 남은 삼만의 근위기병단을 이끌고 급히 도성으로 돌아간 총령 마초운이 장악하였다.

혼란을 수습한 그는 스스로 황제가 되어 대황국을 이어받았다.

석지란은 초원으로 돌아가 자신의 나라였던 남묘국을 다시 세웠고, 모용탈 역시 초원 동쪽의 곡만토성(曲滿土城)으로 돌아가더니 약탈자의 무리를 통합하여 한 나라의 기틀을 다졌다.

그리고 일 년 뒤, 그들 두 사람이 연합한 오만의 기마군단

에 의해 마초운은 물론 그의 근위대가 전멸하고 대황국도 사
라졌다.

그 무렵 황보강은 도유강으로 돌아와 있었다.

번왕인 율해왕 모아합의 영토 내에 있었으나 가화촌은 독
립된 금성(禁城)의 구역처럼 되었는데, 율해왕 모아합의 칙령
에 의해서였다.

그는 황보강을 존경한다는 의미에서 도유강이 있는 가화
촌 전체를 자신의 왕국 내에서 독립구(獨立區)로 선포했던 것
이다. 황보강에게 가화촌이라는 작은 나라 하나를 선물한 것
과 같다.

그 가화촌의 도유강에서 황보강은 소망을 아내로 맞이하
여 한가로운 삶을 즐겼다.

아버지가 그랬던 것처럼 복사꽃 만발한 정자에 앉아 거문
고를 안고 노래를 불렀다.

이듬해 소망이 아들을 낳았고, 율해왕 모아합이 손수 많은
예물을 가지고 찾아와 축하해 주었다.

삼산평 또한 이제는 한 나라가 되어 있었다. 아국충이 인근
의 여러 성과 영지를 아울러 사방 일천오백 리의 번듯한 영토
에 성을 두르고 국호를 호래국(豪來國)이라고 한 것이다. 호
걸이 돌아온다는 의미의 나라 이름처럼 황보강을 기념하는
국호였다.

황보강은 이삼 년에 한 번씩 그 호래국을 방문했는데, 시종도 없이 홀로 어린 아들 융(融)을 품에 안고 고집 센 나귀 등에 앉아서 먼 길을 갔다.

　그가 소황국을 통과할 때면 율해왕 모아합이 도성 밖에서 기다리고 있다가 한 잔의 술로 전송을 해주었다.

　왕이 황보강을 그렇게 예우하니 그가 통과하는 성이며 영지의 군주들이 그를 왕처럼 공경하지 않을 수 없다.

　그건 소황국을 지나 척라국을 통과할 때도 마찬가지였다. 청화륜에 의해 바뀌었던 신청오랑국이라는 국호를 버리고 다시 예전의 척라국 명을 되찾은 그곳은 여전히 동태웅이 다스리고 있었다.

　그에게 황보강은 아들 같기만 했다. 그가 며칠 머물고 떠나는 걸 못내 아쉬워하여 백 리 밖까지 전송하곤 했다.

　번왕 사량지가 다스리는 명천사국을 통과할 때도 마찬가지였다. 사량지는 감히 황보강을 함부로 대하지 못했다. 그가 천하의 모든 인심을 얻고, 열왕들의 사랑을 받는 존재가 되었기 때문이다.

　비록 자신을 드러내지 않는 검소한 옷차림이었고 유람에 나선 시골의 유생처럼 한가한 모습이었지만 어디를 가든 황보강은 왕과 같은 예우를 받았다.

　삼산평에 돌아오고 나면 그는 또 하나의 고향에 온 것처럼 마음이 편했다. 아국충을 비롯하여 지난날 그와 고난을 함께 했던 자들이 모두 기뻐했음은 물론이다.

도유강으로 돌아가는 길에는 가끔 먼 길을 돌아 육화봉에 찾아가기도 했다. 그가 온다는 소식이 들리면 육화문의 모든 문도들이 들떠서 술렁거렸다. 잠시 문주인 당몽현의 닦달을 받지 않아도 되기 때문이다.

황보강이 일백 리 밖에 이르면 당몽현이 손수 마중을 나왔다. 그의 어깨를 잡고 흔들며 예의 그 허풍스런 너털웃음을 터뜨렸는데, 그럴 때의 당몽현은 강호의 떠돌이였던 옛날 모습 그대로였다.

황보강의 어린 아들 융은 그런 당몽현을 갈왈숙부(喝曰叔父)라고 불렀다. 언제나 시끄럽게 소리치고 보는 사람마다 무섭게 꾸짖어대기 때문이다.

거침없는 당몽현이었지만 세상에서 제일 무서워하는 사람이 딱 한 사람 있었다. 바로 겁없이 달려드는 융이다. 아이가 떼를 쓰기 시작하면 당몽현은 하루 종일 융을 무등 태우고 개구쟁이 꼬마의 말이 되어서 살아야만 했다.

어린 융 앞에서만은 강호제일의 문파로 우뚝 선 육화문 문주로서의 체통도, 위엄도 다 소용이 없었다.

담사헌은 육화봉 서쪽의 깊은 골짜기에서 조용히 수양에 전념했다.

찾아가 인사하면 빙그레 웃어줄 뿐 별말이 없었다.

황보강은 그와 마주 앉아 종일 수많은 이야기를 나누었다. 도에 대해서였다. 그러나 그들의 말은 단지 눈에서 눈으로, 가슴에서 가슴으로 주고받는 것일 뿐 입 밖으로 수다스럽게 쏟아져 나오는 그런 게 아니었다.

황보강에게는 풍옥빈과 백검천을 다시 볼 수 없는 게 아쉬움이자 안타까움이었다. 그들이 다스리고 있을 중간계를 이제는 어디에서도 찾아볼 수 없었고, 그곳으로 다시 갈 수도 없었기 때문이다.

나운선인과 암흑존자의 도는 여전히 세상에 밝음과 어두움으로 존재했다. 지난날과 다른 점이라면 충돌 대신 조화를 되찾았다는 것이다.

세상은 몇 개의 나라로 쪼개졌지만, 그래서 오히려 평화가 오래 지속되었다.

황보강이 도유강에서 한가롭게 융과 놀고 있을 때면 문득 청목사의 용장보현이 선장을 짚고 구름처럼 찾아오기도 했다.

때로는 당몽현도 불쑥 찾아왔으므로 그들이 도유강에서 마주치기도 했는데, 그러면 가화촌 전체가 온통 시끄러워질 수밖에 없었다.

황보강의 유일한 근심이자 바람이라면 그들이 제발 동시

에 찾아오지 않는 것이었다.

그러나 융은 달랐다.

아이는 언제 용장보현과 갈왈숙부 당몽현이 놀러 오느냐고 칭얼거리기 일쑤였던 것이다.

〈완결〉

마치면서

　그동안 여러 질의 책을 냈고 찬사와 비난도 그만큼 받았다.

　매번 새로운 글을 쓸 때마다 명작을 꿈꾸었고, 그 꿈을 이루기
위해 혼신의 힘을 다했지만 결과는 언제나 내가 정하는 게 아니었
다.

　이번 글도 그렇기에 마치는 지금 이 순간에 많은 아쉬움과 안타
까움, 그리고 두려움이 남는다.

　그러나 또 하나의 이야기를 무사히 끝냈다는 그 기쁨만은 온전
히 나의 것이다. 누구와도 나누어 갖고 싶지 않다.

　기존 무협의 틀에서 벗어나 나름대로 의미있는 이야기를 하고
싶었으나 과연 그렇게 되었는지 모르겠다.

　얼마나 독자들에게 전해졌을지…….

　혹자는 정독했을 것이고, 혹자는 재미있어했을 것이며, 혹자는
중간에 포기하거나 아예 외면하기도 했을 것이다.

　어느 쪽이든 그 모든 건 나의 책임으로 돌아와야 마땅하리라.

부족한 글을 끝까지 믿고 참아주신 〈청어람〉 사장님과 편집에
수고한 모든 사람에게 감사의 마음을 전한다.

이제는 한동안 쉬면서 나를 돌아보는 시간을 가져야겠다.

읽어주신 모든 독자제현에게 감사를 드린다.

뜻하는 일에 늘 행운이 함께하시기를…….

2011년 늦은 봄에 〈꿈꾸는 곰〉

十變化身
십변화신

조종호 新무협 판타지 소설

"너는 죽는다."

"……!"

뇌서중은 자신도 모르게 번쩍 고개를 치켜들어 뇌력군을 올려다봤다.

"다시 말해주랴? 난호가 망혼곡에 들어가면 네놈은 반드시 죽는다."

비밀에 싸인 중원 최고의 살수문파 망혼곡(忘魂谷).
그곳에서 십 년 만에 돌아온 화사평은 기억을 지우고
평화로운 삶을 꿈꾸지만,
주위엔 가문을 위협하는 자들이 존재하고 있었으니……

그의 손엔 망혼곡 삼대기문병기
용편검(龍鞭劍), 명혼기수(冥魂起手), 엽섬비(葉閃匕).
얼굴엔 서로 다른 열 개의 괴이한 가면.

망혼곡주 십변화신! 그가 일으키는 폭풍의 무림행!

유행이 아닌 자유추구 -
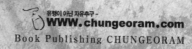
WWW.chungeoram.com
Book Publishing CHUNGEORAM

저작권 보호!!

장르문학의 성장에 힘이 되어주십시오.

저작물의 무단 전재와 복제, 불법 다운로드!
이것은 관심이 아니라 무관심입니다!

작가님들은 창의적 열정과 시간을 투자해 자신의 꿈과 생계를 유지합니다.
한 권의 책을 만들어 많은 사람들은 자신의 인생과 미래를 설계합니다.

저작물 속에는 여러 사람의 노력과 희망이
담겨 있습니다!

저작물의 무단 전재와 복제, 불법 다운로드는 여러 사람들의 꿈과 생계를
위협함으로써 장르문학을 심각한 상황에 빠뜨리고 있습니다.

이제는 무관심이 아니라 관심으로 장르문학의
성장에 힘이 되어주세요.

[도서출판 **청어람**은 항시적인 저작권 보호를 통해 장르문학과
여러분의 희망을 지키겠습니다.]

도서출판
**청어
람**

보표무적, 일도양단, 마도쟁패, 절대군림에 이은
장영훈의 다섯 번째 강호 이야기.
절대강호(絶代强虎)!!

악의 집합체 사악련에 맞선 정파강호의 상징 신군맹.
신군맹이 키운 비밀병기 십이귀병, 그들 중 최강의 실력을 지닌 적호.

"우리가 세상을 얻기 위해 자식을 죽일 때…
그는 자식을 위해 세상과 싸우고 있어. 웃기지?"

신군맹 후계 자리를 차지하기 위한 대공자와 삼공녀의 치열한 암투 속에서
오직 딸을 지키기 위한 적호의 투쟁이 시작된다.

"맹세컨대, 내 딸을 건드리면…
상상도 할 수 없는 일이 벌어질 거야."

김용희 新무협 판타지 소설

天府天下
천부천하

강호와 천하를 삼킨 천부(天府).
천부천하를 뒤흔든 게을러빠진 천재가 나타났다!

어떤 무공이든 한눈에 익힐 수 있는 공전절후한 무위,
좌수(左手) 마두, 우수(右手) 대협으로 펼치는 독창적인 무쌍류.
빼어난 요리 실력과 정도를 아는 횡령(?)까지.
놀라운 재능을 가진 무림의 신성 이무쌍!

그가 친우(親友) 소운과 자신의 안락함을 위해 강호에 섰다!
가슴 따뜻한 무쌍의 인정 넘치는 이야기.
천부천하(天府天下)!